£3.95
3.95
P 7/97.

OLI

DEIAN A LOLI

STORI AM BLANT

KATE ROBERTS

Darluniau gan Tom Morgan

HUGHES

Argraffiad cyntaf: Mai 1925
Argraffiad newydd: Mehefin 1992
Hawlfraint, Hughes a'i Fab © 1992

ISBN 0 85284 113 2

Dymuna'r cyhoeddwr gydnabod cymorth
Adrannau'r Cyngor Llyfrau Cymraeg.

Cysodwyd ac argraffwyd gan Cambrian
Printers, 18-22 Queen Street, Aberystwyth,
Dyfed SY23 1PX

Cyhoeddwyd gan Hughes a'i Fab, Parc Tŷ
Glas, Llanisien, Caerdydd CF4 5DU

I GOFFADWRIAETH

FY MRAWD

DAFYDD

A FU FARW YN Y RHYFEL MAWR

YN BEDAIR AR BYMTHEG OED

Y CYNNWYS

RHAGYMADRODD

I ddarllenwyr newydd a fydd yn darllen y llyfr hwn am y tro cyntaf yn eu hanes, ac i ddarllenwyr eraill – hŷn, efallai – a fydd, er iddynt ei ddarllen o'r blaen, yn dod ato o'r newydd fel dod at gyfaill bore oes i adnewyddu hen gyfeillgarwch, mae yma foddhad arbennig yn eu haros.

Daeth *Deian a Loli* i sylw'r cyhoedd am y tro cyntaf rhwng Ionawr a Rhagfyr 1923, ar ffurf cyfres yn *Y Winllan* (cylchgrawn misol y Wesleaid ar gyfer plant dan olygyddiaeth E. Tegla Davies), a daeth argraffiad cyntaf y llyfr o Wasg W. Lewis, Caerdydd, yn 1927, flwyddyn cyn i Kate Roberts briodi. Athrawes ddeuddeg ar hugain oed (yn Ysgol Sir y Genethod, Aberdâr) oedd hi yn 1923, ac yn y flwyddyn flaenorol roedd ei storïau byrion cynharaf wedi dechrau ymddangos yn y cylchgronau. Gwelwn, felly, fod *Deian a Loli* yn perthyn i'r cyfnod arloesol yn ei gyrfa lenyddol pan oedd hi'n dechrau darganfod ei llais a magu adenydd fel llenor.

Pan ymddangosodd y gwaith gyntaf, dim ond chwe blynedd oedd wedi mynd heibio er 1917 pryd y bu farw David, brawd ieuengaf Kate Roberts, ym Malta ar ôl iddo gael ei glwyfo yn y Rhyfel Byd Cyntaf. I'w goffadwriaeth ef y cyflwynwyd y llyfr, ac mewn sgwrs radio rhyngddi hi a Saunders Lewis a gyhoeddwyd yn *Crefft y Stori Fer* (Y Clwb Llyfrau Cymreig, 1949) dywedodd Kate Roberts, yn ateb i'r cwestiwn 'beth yn union a'ch cynhyrfodd chi gyntaf i ddechrau sgrifennu o gwbl?' – 'Marw fy mrawd ieuengaf yn rhyfel 1914-18, methu deall pethau a gorfod sgrifennu rhag mygu. (Yn wleidyddol, gyrrodd fi i'r Blaid Genedlaethol.) Yr wyf yn ddynes groendenau ofnadwy, mae popeth yn fy mrifo'n ddwfn, a'r briw yn aros yn hir. Mae bywyd ei hun yn fy mrifo. Mae Angau yn tynnu'r cen oddi ar lygaid rhywun, yn rhoi sgytiad i ddyn a rhoi, megis mewn golau mellten, olau newydd ar gymeriad, neu ar gymdeithas, neu'n wir, ar fywyd i gyd.'

Geiriau dwys yw'r rhain i'w dyfynnu mewn rhagymadrodd i lyfr am blant. Fodd bynnag, fel y sylwyd droeon, maent yn eiriau hynod berthnasol ac yn gymorth inni weld lle *Deian a Loli* yng nghyfangorff cynhyrchion Kate Roberts. Yn ddiweddarach – yn *Traed Mewn Cyffion*, yn arbennig – y byddai'r awdures yn mynd i'r afael â hanes colli David. Yn *Deian a Loli*, fel yn *Laura Jones* a *Te yn y Grug*, darlunnir yr amser hapus cyn y dyddiau du. Ond yma hefyd, fel yn *Te yn y Grug*, nid darlun goreuraid a sentimental o blentyndod a gonsurir. Fel y dywedodd Gwenda Gruffydd mewn adolygiad yn *Y Llenor*, yng ngwanwyn 1927, 'ceir awel y mynydd yn cerdded trwy'r llyfr' a cheir yma'n ogystal, meddai, storïau 'naturiol' sy'n 'debyg i fywyd'.

Y mae'r naturioldeb a'r tebygrwydd i fywyd yn elfennau hanfodol yng nghamp yr awdures. Oherwydd ceir ganddi, hyd yn oed wrth adrodd helyntion syml y ddau efell, olygwedd onest y gwir artist. Cawn ailymweld â'r hen fywyd gwledig, Cymreig, mae'n wir, eithr ymdeimlwn yn ogystal ag agweddau peryglus a bygythiol bywyd y cyfnod – er enghraifft, yr elfennau dinistriol yn addysg gynradd ac uwchradd y plant a'r ddamwain angeuol yn y chwarel a ataliodd Deian rhag dymuno bod yn chwarelwr.

Dangosodd Norah Isaac yn ei hysgrif ar 'Kate Roberts a Byd Plant' (*Kate Roberts: Cyfrol Deyrnged*, gol. Bobi Jones, Gwasg Gee, Dinbych, 1969, tt. 41-50) rai o nodweddion trawiadol y llyfr yng nghyd-destun nodweddion cyffelyb yng ngweithiau eraill yr awdures. Ac meddir yn yr un ysgrif:

> Pan ymddangosodd *Deian a Loli* yn 1926 (*sic*) a *Laura Jones* yn 1930 fe'u derbyniwyd yn syth fel clasuron o lyfrau am fywyd plant. Rhaid bod Kate Roberts ei hun yn ferch fach o ddychymyg eithriadol

a'i phum synnwyr yn gwbl effro i gofnodi pob darlun agos, dwfn, cofiadwy.

Rhan fawr o apêl y llyfr i'w ddarllenwyr ifainc yn Ysgol Rhosgadfan yn 1927 (yn ôl tystiolaeth un ohonynt yn 1991) oedd y cefndir cyfarwydd – yr arferion a'r chwaraeon a'r dafodiaith gartrefol. Wrth ddarllen y llyfr heddiw, yn ogystal â'r nodweddion hynny, un o'r pethau a'm trawodd i fwyaf oedd y darlun a gawn ynddo o'r brawd a'r chwaer, yn enwedig yr olaf, yn yr ysgol fawr yn y dref. Yn ei hamgylchedd addysgol cyffredin ac anfanteisiol, gwelwn ddawn lenyddol Loli yn mynnu dod i'r golwg a disgleirio. Gwelwn yr artist arbennig, yr unigolyn yn y dorf, er gwaethaf diffyg anogaeth athro diddychymyg, yn llwyddo i ddechrau darganfod dawn y cyfarwydd ac ennill cynulleidfa ymhlith ei chyfoedion. Dyma'r thema 'awdur-yn-llwyddo' boblogaidd a thema amlwg yn y cofiant Cymraeg ac yn y mythos Cymreig — sef dawn yn datblygu er gwaethaf pob anfantais a gwrthwynebiad.

Y mae Dafydd Glyn Jones wedi nodi rhai agweddau diddorol ar lenyddiaeth am blant yn ei astudiaeth, 'Rhai Storïau am Blant' (yn *Ysgrifau Beirniadol IX*, Gwasg Gee, Dinbych, 1976, tt. 255-273). Y mae'n dangos rhai o'r themâu sy'n rhedeg drwy wahanol storïau am blant yn y Gymraeg ac ieithoedd eraill. Un o'r themâu hynny yw thema'r arwr neu arwres yn dechrau dod i oed. Fel yn *Laura Jones* a *Te yn y Grug*, ceir y thema hon yn fath o uchafbwynt yn *Deian a Loli*. Ar ddiwedd y stori, sylweddolwn y bydd yn rhaid i Loli fynd i weini i Lundain (tynged gyffelyb i un Winni Ffinni Hadog yn *Te yn y Grug*) ac y bydd Deian, yn unol ag agwedd annheg ac anghyfartal yr oes tuag at y rhywiau, ac yn groes i ymateb cyntaf Deian i'r syniad, yn cael cyfle i fynd ymlaen â'i addysg.

''Tydw i ddim am fynd i'r ysgol ganolraddol,' ebe Deian.

'Mae'n rhaid iti fynd,' ebe Loli.

A sylweddolodd Loli am y tro cyntaf na ellid eu galw yn 'Deian a Loli' ar yr un gwynt am lawer o amser eto.

Dyna eiriau olaf y llyfr, ac yn sŵn pendant a phedantig y gair 'rhaid' o enau Loli, gwyddom fod byd ôl-blentyndod, byd ffaith a dyletswydd a dadrithiad, eisoes wrth y drws. Mae'r plant wedi dechrau croesi'r ffin i fyd oedolion. Yn y fan hon, mae un o themâu cyfoethog Kate Roberts yn ymglymu â thema gyffelyb sy'n gyffredin i'r ddynoliaeth gyfan, gan fod yna 'ddefodau tyfiant' (*rites of passage*) i'w gweld drwy lenyddiaeth y byd.

Yn *Deian a Loli* fe gawn mewn microcosm rai o'r nodweddion arbennig a fyddai'n datblygu'n ddiweddarach ym mhrif gynhyrchion Kate Roberts. Yn Loli, er enghraifft, gwelwn y gonestrwydd gwaelodol hwnnw sydd mor hawdd ei golli yn ein hymwneud â'n gilydd ond sydd mor angenrheidiol ag awyr iach i'r gwir lenor a'r gwir artist sy'n sylwi ar y dagrau yn ogystal â'r chwerthin, y llwyddiannau a'r buddugoliaethau yn ogystal â'r cysgodion tywyll.

Er mai 'stori am blant' yw *Deian a Loli*, fe welwn yma egin y doniau llenyddol hynny a ddaeth yn amlycach yng ngweithiau eraill, pwysicach, yr awdures. Heddiw fe welir awduron newydd a chyfoeth o ddoniau newydd ym myd llenyddiaeth am blant, ac i blant, yn y Gymraeg – math o ddadeni. Dichon bod cyfnod o baratoi'r tir cyn pob gwir flodeuo llenyddol. Beth bynnag yw cryfderau a gwendidau *Deian a Loli* o'i gymharu â llyfrau eraill, ddoe a heddiw, yn yr un maes, gallwn ddweud yn hyderus ei fod yn rhan o hanes twf a datblygiad rhyddiaith greadigol yn y Gymraeg yn yr ugeinfed ganrif.

JOHN EMYR
Gorffennaf 1991
Bangor

RHAGARWEINIAD

DAU efell oedd Deian a Loli, yn byw mewn tyddyn bach o'r enw Bwlch y Gwynt, ar ochr Moel y Grug. Fferm fechan yw tyddyn, ac mae'n rhaid i dad y plant sy'n byw yno fynd i'r chwarel, neu rywle arall, i ennill pres. Pan oedd taid Deian a Loli'n fachgen bach nid oedd yr un Bwlch y Gwynt ar y mynydd. Rhyw dir gwyllt oedd yno, a cherddai'r hen ŵr heibio iddo yn ei ddwy glocsan fawr bob bore Llun a phrynhawn Sadwrn, wrth fynd a dyfod i Chwarel Llanberis. Wrth gychwyn at ei waith tua phedwar ar fore dydd Llun, gweithio'n galed ar hyd yr wythnos, a chysgu yn y 'bariscod', yr enillodd Elis Jôs ddigon o geiniog i fyned i'r dre un prynhawn Sadwrn i brynu'r tir gan y Llywodraeth. Wedyn cododd dŷ, a chaeodd gloddiau yno, ac erbyn ei farw yr oedd Bwlch y Gwynt cystal tyddyn ag unrhyw un yn y fro.

Yno, ar noswaith oer – ie, ond ni waeth sut noson oedd hi – y ganed Deian a Loli. Ychydig o groeso a gawsant ar y ddaear yma i gychwyn, am iddynt ddyfod efo'i gilydd. Crio yn arw a wnaeth y fam, ond criodd fwy pan ddaeth ei chwaer yno i gynnig myned ag un ohonynt adref i'w fagu.

Dodwyd y ddau yn y crud, un yn y pen a'r llall yn y traed. Yr oeddynt yn rhy fychan i gicio'i gilydd, pe caniatâi'r wlanen dew oedd amdanynt hynny. Ac o'r crud pren hwnnw yr edrychodd Deian a Loli gyntaf ar y byd, fel y'i gwelid ar nenfwd cegin Bwlch y Gwynt. Ni wn pwy a roddodd yr enw Deian a Loli arnynt; tyfu gyda hwynt a wnaeth, am wn i. Yr oedd yr olwg arnynt mor henffasiwn, fel y gweddai iddynt yn wythnos oed, fel y gwnâi iddynt yn gant, mae'n ddiamau. Nid oedd dim byd neilltuol ynddynt, ac nid oedd dim gwahaniaeth rhyngddynt, mwy nag mewn cywion 'deryn bach ar y cychwyn. Ond ni bu raid i'w mam drotian llawer hyd y tŷ cyn gweled bod llawer o wahaniaeth rhyngddynt, a llawer o debygrwydd ynddynt. Eto, prin y gwelai'r fam fod yn nhrwyn smwt Loli ddeunydd stormydd y Be o Bisce, na bod rhywbeth yn llygaid Deian a ddeuai â hi i gysylltiad ffraeyddol â'r sgŵl ryw ddiwrnod. Y peth mwyaf ar ei meddwl hi oedd sut i gael digon o fwyd iddynt ac i'r tri phlentyn arall – Magi, Twm a Wil.

Siglo, siglo, siglo oedd hi'r dyddiau hynny, ac nid oes gan wraig sy'n godro dwy fuwch ac yn corddi eu llaeth lawer o amser i siglo. Ac, wrth gwrs, yr oedd mwy o angen siglo pan oedd Magi, Twm a Wil yn yr ysgol. A bu raid i Elin Jôs gysidro'n galed, yn galetach nag unrhyw blentyn wrth ben ei sym yn yr ysgol. Sut yr oedd siglo dau blentyn wrth gorddi, a chymryd yn ganiataol y byddai'r ddau yn cysgu ar unwaith, ac yn deffro ar unwaith, yr hyn ni wnaent yn aml? Tarawodd ar gynllun: gwnaeth linyn y crud yn ddigon hir i gyrraedd o'r gegin i'r tŷ llaeth. Tynnai yn y llinyn ag un llaw a throai handlan y corddwr â'r llall. Ond yr oedd yn rhaid iddi dynnu'r llinyn ati'r un pryd â'r handlan, a thrwy arfer gwnâi hynny. Unwaith, fodd bynnag, methodd ei thric. Tynnodd y llinyn ati, gan droi'r handlan oddi wrthi ar yr un pryd. Trowyd y crud a thaflwyd y ddau i gyfeiriad y cwpwrdd gwydr. Yn ffodus, ni frifodd yr un ohonynt fawr. Ni wyddys yn iawn pa'r un ohonynt a gafodd y gnoc galetaf: ai Deian yn erbyn pen y crud, ai Loli yn erbyn congl y cwpwrdd gwydr. Hyn sydd sicr, yr oedd yno gôr yn crio, y fam yn uchaf am iddi erioed grio pan aned y ddau. Sôn am ddril, câi Elin Jôs ddigon ohono bob dydd. Gwnaeth y dyn gwneud campiau, a ddeuai i'r pafiliwn bob blwyddyn, ei ffortiwn ar lawer llai o gampiau nag a wnaeth Elin Jôs yn ei hoes.

Ond os oedd y drafferth yn fawr pan oeddynt yn y crud

yr oedd y drafferth honno'n felys wrth y drafferth a rodd-
ent wrth gropian. Ni byddai'n waeth rhoi brat glân i goliar
ddim mwy nag iddynt hwythau. Rhoddent bopeth yn eu
genau, o'r chwilod a gaent hyd lawr i'r deisen a gipient fel
mellten oddi ar y plât. Druan o'r fam, yr oedd am ei
bywyd yn rhedeg ôl a blaen i rwystro un ohonynt neu'r
llall rhag llyncu ei ddiwedd. Ac wedi tymor y cropian
daeth tymor y cerdded a'r syrthio a'r baglu. Ond, fel pob
plentyn arall, daethant i gerdded ar eu gwadnau eu hunain
yn lled fuan, ac ni buont yn hir cyn medru agor y llidiart a
agorai i'r mynydd. Nid oedd berygl iddynt gael eu lladd
gan gerbyd modur yn y fan honno, obledig yr oedd myn-
ydd o grug braf o'u campas ymhobman. Ond er hynny i

gyd, clywid llais Elin Jôs, petai yno rywun i'w gweled hefyd, yn gweiddi, 'Deian, Loli, dowch i'r tŷ,' byth a beunydd, fel petai holl gerbydau modur diwrnod lecsiwn yn gwibio o gwmpas y lle.

Gwneid i fyny boblogaeth y rhan honno o'r byd gan wyddau a chwiaid Hen Ferch Ty'n y Gro, defaid Josi'r Manllwyd ac amryw eraill, merlod mynydd yr hen Breis, Mwynig a Benwan Bwlch y Gwynt, Gel a Gwen y gath, a theulu Bwlch y Gwynt. Drwy fod y tad yn y chwarel, y fam yn brysur efo'i gwaith, Magi, Twm a Wil yn yr ysgol, buan y daeth Deian a Loli yn ffrindiau â gweddill y boblogaeth. Aeth Loli yn gryn ffrindiau efo ceiliogwydd mawr Hen Ferch Ty'n y Gro mewn dull tra rhyfedd. Ryw fore, fel arfer, methodd yr un o'r ddau ag aros pum munud wrth eu brecwast. Allan â hwy, a chlwff mawr o fara 'menyn yn eu llaw. Daeth Gel heibio o rywle, ac i'r myn-ydd â'r tri. Pan oedd Deian wrthi'n chwilio am botel i dreio dynwared Twm a Wil yn myned i ddal silidons, eis-

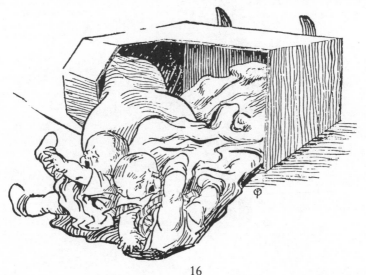

teddodd Loli ar y garreg i'w aros, a Gel yn eistedd wrth ei thraed, yn edrych oddi ar ei llygad at y frechdan, ac oddi ar y frechdan at ei llygad, bob yn ail. Ond pan oedd ar fin cymryd tamed dyma'r hen geiliogwydd mawr o rywle tu ôl i'w chefn a chipio'r frechdan o'i llaw, a rhedeg am ei fywyd. Digwyddodd hyn cyn y medrech gyfri dau. Dyma'r sgrech fwyaf annaearol oddi wrth Loli, Gel yn cyfarth, Deian yn gollwng y botel, ac Elin Jôs yn rhedeg o'r tŷ, gan ddisgwyl gweled un ohonynt o leiaf yng ngwaelod cafn y pistyll. Ar ôl y diwrnod hwnnw bu'r ceiliogwydd dipyn bach mwy wyneb agored, a daeth i geisio tamed yn onest i wyneb ei gymwynaswr. A hwyl fawr Loli bob gyda'r nos wedyn oedd dangos i'w thad sut yr estynnai'r clagwydd ei gorn gwddw am y tamed.

Ond ryw fore, tuag wythnos cyn y Nadolig, collwyd y clagwydd, ac ni welwyd mohono mwy. Arfer gwyddau a chwiaid Hen Ferch Ty'n y Gro oedd dyfod i'r mynydd tua deg yn y bore, a chodent eu pigau i fyny i gychwyn tuag adref rywdro tua machlud yr haul. Disgwyliodd y ddau bach yn ddyfal amdanynt hyd amser eu dychweliad un diwrnod, ond ni ddaethant byth wedyn, a châi Gel y frechdan bob dydd. Holid llawer am y fam, ond nid oeddynt ddim doethach wedi clywed mai wedi myned am dro i'r dre'r oeddynt. Deuai pawb a âi am dro i'r dre yn ôl yr un noson fel rheol, ond ni ddaeth y gwyddau na chwiaid yr Hen Ferch ddim.

Wel, wel, dyma fi wedi torri pob rheol dwedyd stori. Dywedais wrthych am y ddau'n holi, heb ddwedyd wrthych o gwbl eu bod yn gallu siarad. Gallai Loli siarad yn groyw yn flwydd a hanner neu gynt. Tipyn yn dafotrwm oedd Deian. Pan oedd Loli'n pregliach yn rhugl yr unig beth a gaech gan Ddeian a fyddai 'Y?'. 'Ydi'r hogyn yma'n fyddar, deudwch?' ebe Elin Jôs.

'Y?' ebe Deian.

'Wel wir, 'dwn i ar y ddaear be ddaw ohono fo.'

'Y?'

Ac fel yna am fisoedd, hyd nes torri'r argae ryw fore.

Ond am ddal pensel curai Deian ei chwaer o bell-dremydd. Daliai Deian hi fel petai wedi ei eni â phensel yn ei law, a'i choes i gyfeiriad ei ysgwydd. Ond am Loli, âi ei phensel hi'n syth drwy ryw bum trwch o bapur, a'r goes yn syth i gyfeiriad y cloc gyferbyn â'i hwyneb. Dyna a wnâi'r ddau gyda'r nos, wedi blino pawb yn y tŷ am stori, oedd ceisio tynnu lluniau ac ysgrifennu ar bapur. Ond sôn am eu gallu i siarad yr oeddwn. Prepiai Loli'n barhaus, ond gwrandawai Deian yn syn arnoch, gan edrych ym myw eich llygad.

Dywedir i Loli ddangos dipyn o gyflymdra meddwl unwaith. Yr oedd yn arfer gan Elin Jôs fyned i weled ei mam bob nos Sadwrn. Yr oedd nain Deian a Loli'n byw dipyn o ffordd o Fwlch y Gwynt, a dim ond rhyw bicio yno, â'i gwynt yn ei dwrn, bob nos Sadwrn, a gâi Elin Jôs, a da oedd cael myned am egwyl o sŵn y plant. Crefai Loli am gael myned gyda hi bob amser.

'Isio dŵad efo chi, Mami.'

'Ond fedri di ddim, 'y nghalon i.'

'Pam?'

'Ond tydw i yn mynd i gynhebrwng Wil y Fawnog ar fy ffordd.'

I feddwl Loli, dyn o tua'r un faint â'r Wyddfa oedd Wil y Fawnog, ac yn debyg o ran pryd a gwedd i'r cawr hwnnw y gwelodd ei lun ym Mhererin Bunyan. Rhyw greadur â'i ofn ar bawb oedd Wil y Fawnog, ond ni wyddai Loli mo hynny. Eithr i'w dychymyg hi, os na allai fyned i'w gynhebrwng, mae'n rhaid ei fod yn ddyn rhyfedd. Bodlonai i aros gartref, wedi'r ateb uchod, bob amser. A buan yr anghofiai dŷ ei nain wrth boeni ei thad am stori neu gân. Nid oedd Elis Jôs fawr o ganwr, ond pan fyddai mewn hwyl, ac os darllenasai yr *Eco Cymraeg* nos Wener, cydsyniai i 'Canwch "Ci Llewelyn", Dada.' Dyma brif ddarn Elis Jôs, a rhoddai pawb orau i'w gwaith pan ddeuai hwn: Magi, Twm, Wil, Deian a Loli; agorai Gwen (y gath) ei llygad, a chodai Gel un glust i fyny.

Pan fyddai'r llais yn methu â myned i lawr
'Gan seinio'i gorn ac ato daeth
Ei deulu oll ar frys'
chwarddai'r dyrfa, ond gwyddai'r tad yn eithaf da y câi gymeradwyaeth fyddarol, neu'n hytrach gymeradwyaeth ddagreuol, y dorf cyn y diwedd. Wrth ganu
'Cei faen o farmor ar dy fedd,
Anrhydedd fydd dy ran;
A'r ci, wrth lyfu llaw y llyw,
Fu farw yn y fan.'
gwelid y dagrau'n rhedeg, yna byddai distawrwydd, yna ochenaid oddi wrth Deian, yna Loli – 'Canwch honna eto, Tada.'

'Ma' Tada wedi blino.'

'Wel, chwara gesio 'ta; cynta i gesio be o dan y simdda 'ma sy'n dechra efo - - - T.'

Ond dyma'r drws yn agor, ac Elin Jôs yn ei hôl. A dyma redeg i edrych a oes ganddi rywbeth iddynt oddi wrth eu nain. Ni ddaeth oddi yno erioed yn waglaw. Cyn pen ychydig funudau byddai pawb wrth ben eu digon o gyflath.

Ond hyn a fwriadwn ei ddywedyd:

Un nos Sadwrn, am yr ugeinfed tro, gofynnodd Loli –

'Ga i ddŵad efo chi, Mami?'

'Na chei, 'nghariad i.'

'Wel pam?'

'Ond tydw i'n mynd i gynhebrwng Wil y Fawnog wrth fynd.'

'Wel pam na rowch chi garreg yn sownd wrth 'i wddw fo, rhag iddo fo godi o hyd?' ebe Loli.

DIANC I LAN Y MÔR

TRI pheth y gwelai Deian a Loli ddigon ohonynt bob dydd ydoedd mynydd, awyr a môr. Gwelent y cyntaf yn ymyl, a'r ddau olaf o bell. Peth pryfoclyd iawn ydyw gweled rhywbeth o bell a heb fedru ei deimlo. Clywsent lawer o sôn am y môr gan Magi, Twm a Wil, a soniai y tri hynny amdano fel y soniai yr hen Wil Huws y Crydd am ei ieuenctid, rhywbeth rhyfeddol o braf, heb obaith ei gael yn ôl. Arferai eu mam fynd â hwy i lan y môr unwaith bob haf, ond er pan aned Deian a Loli ni bu o gwbl. Yr oedd y byd yn wannach, ebe hi, ac felly yr oedd yn anos myned â thri o blant hyd yn oed, heb sôn am bump. Methai Deian a Loli â deall sut yr âi'r byd yn wannach, os nad oedd y byd, fel Wil Huws y Crydd, wedi gweled dyddiau gwell, ac yn myned yn wannach wrth heneiddio. Ac eto, methent yn glir â gweled beth oedd a wnelai hynny â myned i lan y môr.

Yr oedd traddodiad ymysg y plant am eu hymweliad diwethaf â glan y môr. O'r hyn lleiaf, yr oedd yn draddodiad i Ddeian a Loli. Dyna beth ydyw traddodiad – rhywbeth a ddaw i lawr i chwi, drwy ei glywed, oddi wrth rywun hŷn na chwi, yr un fath ag y bydd eich tad yn rhoi ei wats i'ch brawd hynaf, i'w chadw am byth, a'ch tad wedi ei chael gan eich taid yr un fath rywdro. Wel, yr oedd ymweliad diwethaf y tri phlentyn hynaf â glan y môr yn draddodiad. Yr adeg honno oedd y tro cyntaf i Wil weled y môr yn ei ymyl, ac yr oedd arno ei ofn. Medrwyd cael ganddo dynnu ei esgidiau a'i 'sanau i drochi ei draed, ond bob tro y gwelai don fawr yn dyfod rhedai o'i blaen, fel petai hi'n llew. Wrth redeg felly o'i blaen unwaith syrthiodd, a daeth y don drosto, gan ddifetha'i gôt goch Ffrensh m'rino, ond heb niwed gwaeth na hynny. Ar ôl hynny, bob tro'r âi Wil i gysgu, byddai'n rhaid i'w fam ganu rhywbeth iddo am syrthio i ddŵr y môr, i fesur y gadair siglo. Gwelwch, felly, bod yn rhaid i fam criw o blant fod yn llawer o bethau heblaw mam. Yn aml iawn y mae'n rhaid iddi fod yn fardd ac yn gerddor. Ac i sŵn y geiriau hyn yr âi Wil i gysgu bob gyda'r nos a chanol dydd, hyd nes mynd yn rhy hen i fyned i gysgu ddwywaith mewn diwrnod: –

'Fe aeth Twm a Wil a Magi
I lan y môr ryw dro i drochi;
Syrthiodd Wil, daeth tonnau drosto,
Ni thâl ei gôt ddim byth i'w gwisgo.'

Ac i sŵn y geiriau yna'r âi Deian a Loli i gysgu wedyn, heb wybod eu hystyr cystal â Wil. A phan ganai'r fam y geiriau yna fe ddôi Huwcyn, y dyn bach hwnnw sy'n cau llygaid plant bach, yno'n bur fuan.

Beth bynnag, wrth glywed Magi a Thwm yn pryfocio Wil ynghylch syrthio i ddŵr y môr o hyd, fe gryfhâi'r awydd yn Neian a Loli am gael rhedeg yn droednoeth yn y dŵr glas a welent bob dydd o'r tŷ.

'Mami, geith Deian a fi fynd i lan y môr?' ebe Loli wrth ei mam ryw ddiwrnod.

''Does gen i ddim pres, 'y mach i.'

'Ond fedrwn ni gerdded yn iawn.'

'Fedrwch chi byth gerdded, 'y mhytia bach i, ma'ch coesa chi'n rhy fyr.'

'Ond 'nath Deian a fi gerdded i'r becws ddoe.'

'Ma' cimin chwe gwaith o ffor' i lan y môr.'

'Ond mi fedrwn ni gerdded chwe gwaith yn iawn,' ebe Deian.

'Rhoswch chi nes dechrith Josi'r Manllwyd redag brêc, ac mi awn ni wedyn,' ebe'r fam. Er mwyn i chwi ddeall, Wiliam Tomos y Rhos fyddai'n arfer rhedeg brêc i'r dre, ac

22

i lan y môr ar brynhawn dydd Iau yn yr haf. Ond yrwan yr oedd Wiliam Tomos wedi marw, ac ni ddaethai neb yn ei le. Yr oedd rhyw sôn bod Josi'r Manllwyd am werthu ei ferlod mynydd a phrynu un ceffyl mawr cryf, neu, fel y dywedai Elis Jôs, ei fod am doddi'r merlod mynydd a'u gwneud yn un. Ond dal i bori'r mynydd yr oedd merlod Josi, a dal i swnian am fyned i lan y môr yr oedd Deian a Loli.

Peth arall a wnâi i'r ddau hiraethu mwy bob dydd am fyned yno oedd dyfodiad math neilltuol ar adar i'r mynydd ryw ddiwrnod. Pan welodd y ddau yr adar llwydion, hir-big, bronwynion hyn gyntaf rhedasant i'r tŷ, â'u gwynt yn eu dwrn, a dywedyd: 'Mami, mae 'na wydda newydd sbon wedi dŵad i cae ni.'

'Dyna chi wedi gadael y giât yn ygorad eto, mi fydd ych tad o'i go las.'

'Naci, ond fflio dros ben y wal nutho nhw.'

'Wel, eto byth, cha i ddim golchi heiddiw eto, gewch chi weld; yr hen wylanod y môr yna ydyn nhw.'

Rŵan, nid oedd Deian a Loli ymhell iawn o'u lle wrth alw gwylanod y môr yn wyddau, achos 'Gwyddau Roli'r Morfa' y gelwid gwylanod y môr yn y rhan honno o'r wlad. Hen lanc oedd Roli, yn byw yn ffarm y Morfa, wrth lan y môr; a phan fyddai tymer go ddrwg arno anfonai ei wyddau i fyny i'r mynydd; a byddai tymer go ddrwg ar Elin Jôs os gwelai wyddau Roli'r Morfa i fyny y diwrnod o flaen diwrnod golchi, oblegid fe ddeuent â glaw gyda hwynt bob amser.

Bu'r ddau bach yn gwylio llawer ar yr adar hyn yn cerdded hyd eu caeau, dan ysgwyd eu cynffonnau, fel pet-aent frenhinoedd. A rhyw ddiwrnod penderfynasant weled drostynt eu hunain ym mha le'r oedd gwylanod y môr yn byw ar dywydd braf. Wrth gwrs, yr oedd yn rhaid myned yno pan fyddai'r gwyddau gartref. Peth cas iawn ydyw myned i rywle os bydd y bobl oddi cartref, yn enwedig a chwithau'n gwybod hynny cyn cychwyn.

Felly'r bore braf cyntaf a gawsant dyma gychwyn, heb i'w mam wybod. Yr oedd Elin Jôs wrthi'n brysur yn gol-chi y bore hwnnw, am yr un rheswm ag yr âi Deian a Loli i lan y môr. Yr oedd tymer dda ar Roli. Yr oedd y fam yn rhy brysur i gymryd fawr sylw o symudiadau'r ddau

drwy'r dydd. Dywedai Elin Jôs bob amser am ei thŷ pan
fyddai yno lanast, megis llanast diwrnod golchi: 'Mae'r tŷ
yma fel tŷ Jeroboam, bobol.' A phan fyddai yno lanast
anghyffredin o fawr, dywedai: 'Mae'r tŷ yma fel tŷ Jero-
boam mab Nebat.'

Wel, un o ddyddiau Jereboam mab Nebat oedd y diwr-
nod hwn, ac yn sgil y mab Nebat y cafodd y ddau gyfle i
ddianc i lan y môr.

Ni ddaeth i feddwl yr un o'r ddau belled y daith. Nid
pell dim byd y gall plentyn ei weled o'i gartref. Felly,
rhwng amser cinio ac amser te, y cymerasant y goes, gan
ddal yn dynn o dan wal y cae, rhag i'w mam eu gweled. Ni
chanfu'r fam eu colli hyd amser te, ac erbyn i'w tad ddyfod
adre o'r chwarel aethai bron yn lloerig. Ni chafodd Elis Jôs
ond llyncu cypaned o de (ni chawsai Elin Jôs amser i barat-
oi swper chwarel) a chychwyn, heb newid, i chwilio am-
danynt. Chwiliasai'r fam a'r plant eraill ar hyd y mynydd
ar ôl i'r olaf ddyfod o'r ysgol, ond i ddim pwrpas.

'Gewch chi weld mai i rwla at lan y môr maen nhw wedi
mynd,' ebe Wil.

Ac i lawr i gyfeiriad glan y môr y cychwynnodd y tad a'r
plant eraill, y fam yn aros gartref i gadw tân, i ferwi'r tec-
ell, ac i grio. Gwnaethai y tri gwaith hwn i berffeithrwydd
lawer gwaith drosodd, a bygythiasai fyned i dair gwasgfa,
pan glywodd sŵn traed a siarad yn dynesu at y tŷ. Yr
oedd yn y drws mewn amrantiad, a dyna lle'r oedd y
chwech yn chwerthin yn braf, a'r tad oedd yn chwerthin
fwyaf.

'Wel diolch byth,' ebe'r fam wrth eu gweled (o flaen pob
dim y dywedai Elin Jôs 'Diolch byth' bob amser, hynny
ydyw, cyn i rywbeth ddigwydd, ond daeth allan yn ei le
priodol y tro hwn).

Cafodd y plant aros ar eu traed yn hwyr y nos honno, a bu raid i Ddeian a Loli fyned dros yr hanes lawer gwaith. Ymddengys i'r ddau gerdded yn ddygn nes cyrraedd Pont Wyrfai. Yn y fan honno yr oedd croesffordd, ac ni wyddai'r un o'r ddau beth i'w wneuthur. Erbyn hyn yr oeddynt wedi blino'n fawr, ac eisteddasant ar ochr y ffordd i gymryd sbel. Toc, gwelent geffyl a throl bach yn dyfod, ac i'w llawenydd, pwy oedd yn y drol ond Now Ty'rardd a Llew Bron y Foel. Adnabuont y ceffyl a'r drol cyn adnabod Now a Llew, achos gan Now yn unig yn y cwmpasoedd hynny yr oedd hen nag o geffyl felly.

'I ble'r ydych chi'n mynd?' ebe Now wrthynt.

'I lan y môr,' ebe Deian.

Crafodd Now ei ben, ac wrth weled bod y plant cyn belled oddi cartre ag oeddynt o lan y môr, daeth i lawr o'r drol a chododd y ddau i fyny iddi. A dyna'r lwc fwyaf a gawsant y diwrnod hwnnw, oblegid i Draeth Cocos yr âi Now a Llew.

''Roedd Now yn chwerthin o hyd yn y drol,' ebe Loli.

'Am be?' ebe'r tad.

'Dwn i ddim,' ebe hithau.

'Mi wn i,' ebe Deian, 'am fod Loli wedi daffod 'i sgidia'n barod i drochi 'thraed.'

'Naci wir,' ebe Loli, 'achos 'ro'dd Now yn chwerthin am yn hir iawn pan oeddan ni wrthi'n trochi'n traed yn lan y môr; a mi ddeudodd fel hyn wrth Llew: '"Ddylis i 'rioed bod cyn lleiad yn dy ben di, Llew".'

'Beth oedd Llew wedi 'neud, felly?' ebe'r fam.

'Dim byd,' ebe Deian, 'ond ista ar y tywod a shefl wrth 'i ochr.'

'Shefl!' ebe'r fam, 'brensiach bach,' a dechreuodd chwerthin dros bob man.

'Am be 'da *chi*'n chwerthin, Mami?'

'Ond am ben Llew yn mynd â shefl i hel cocos.'

'Ond oedd Now wedi deud wrtho fo am fynd â shefl,' ebe Loli.

'Pwy ddeudodd?' ebe'r tad.

'Ond Llew ddeudodd fel hyn: "I be oeddat ti'n deud ddoe wrtha i am ddŵad â shefl 'ta?" '

'Be ddeudodd Now wedyn?' ebe'r tad, a winc yn ei lygad.

'Ro'n i'n meddwl fod digon yn dy ben di i wbod ma' efo llwy de y bydd pobol yn hel cocos, ac nid efo shefl.'

'Efo beth oedd Now yn 'u hel nhw?' ebe'r fam.

'Efo llwy de,' ebe Loli.

Chwarddodd Elis Jôs nes bod y dagrau yn rhedeg o'i lygaid, ac edrychai'r plant mor ddiniwed â Llew Bron y Foel; ond dywedodd Deian nad âi ef byth i hel cocos efo shefl pan dyfai'n fawr.

DIANC I'R MYNYDD

'OEDDAT ti yn licio yn lan y môr?' ebe Deian wrth Loli ryw fore pan eisteddai'r ddau yn ymyl rhesl y fuwch yn y beudy. Gofynnai'r cwestiwn yr un fath â phetai Loli wedi bod yn Nhrefriw am fis o wyliau.

'Oeddwn,' ebe Loli, 'a mi liciwn i fynd eto, i weld gwlanan y môr yn nofio.'

'Mi liciwn i fynd i ben y mynydd acw,' ebe Deian, gan bwyntio i gyfeiriad Mynydd y Llus.

'Ol reit, mi awn ni rŵan 'ta,' ebe Loli, gan godi i gychwyn.

'Naci,' ebe Deian, 'mae'n rhaid inni weitiad nes daw 'na gymylau gwyn, neis yn yr awyr.'

'Pam?'

'Er mwyn inni gael twtsiad 'yn llaw ynyn nhw ar ben y mynydd,' ebe Deian.

Pan fyddai'r awyr yn las a chlir, a chymylau gwynion mawr ynddo, yr oedd pob cwmwl yn rhywbeth heblaw cwmwl i Ddeian. Yr oedd yn llew weithiau – llew gwyn byw sicr – ac yn eliffant y tro arall – eliffant gwyn eto. Ar brydiau byddai'n hen ŵr, a thro arall yn ferch ifanc hardd.

Meddyliai ar adegau eraill bod holl bobl y nefoedd allan am dro yn yr awyr. Sylwasai droeon y deuai'r cymylau hyn yn agos i ben y mynydd weithiau, a'r pryd hwnnw deisyfai fod ar ben y mynydd i'w cyffwrdd. Yr un fath gyda'r tân. Pan eisteddai o'i flaen gyda'r nos yn y gaeaf yr oedd yno bobl yn byw ynddo. Weithiau gwelai ei fam ynddo, a rhyw het ddigri am ei phen, a fêl ddu yn hongian tu ôl iddi. Dro arall byddai yno geffyl wedi rhusio, a holl bobl y pentref ar ei ôl.

Felly, pan ddangosodd Loli arwyddion anesmwytho ar gael ei chau i mewn o fewn terfynau'r caeau, yr oedd Deian yn falch iawn o gael awgrymu trip i'r mynydd. Yr oedd y mynydd yntau'n broblem i Ddeian. Weithiau edrychai fel hen ŵr mawr, ei wyneb yn lân, ar ôl cawod o law, cap nos gwyn am ei ben ar ôl cawod o eira, a barf lwyd ganddo pan basiai niwl ar ei draws. Rhyw hen greadur mawr oedd y mynydd yma, a safai fel plisman rhyngddynt a lleoedd eraill. Ac yn wir, ni wyddai Elin Jôs yn iawn pa le oedd tu hwnt i'r mynydd hwnnw. Dywedodd ar antur rywdro wrth y plant hynaf mai'r ffordd honno yr oedd Llundain. Ond wedyn, nid oedd Elin Jôs fawr o giamstar ar geografi. Pan feddyliai Deian am rywun mawr, am y mynydd y meddyliai; a dyna'r rheswm iddo un diwrnod redeg i ddrws y beudy at ei fam, a gofyn: 'Ydi Iesu Grist yn fwy na Mynydd y Llus, Mami?'

Yn awr, chwarae teg i Elin Jôs, mae amser i bopeth, hyd yn oed i ofyn cwestiynau ar y ddaear yma. Ac nid peth hawdd i neb ydyw ateb cwestiwn, pan fo'i ben yn dynn yn ochr y fuwch, y piser ar lawr, a'r llaeth yn chwistryllio'n fain iddo, yn enwedig pan fo'r fuwch honno wedi ennill enw iddi ei hun am gicio. Y mae gan ddyn amser i feddwl wrth weu wrth y tân, ond wrth odro buwch nac oes.

Felly, rhaid maddau i ateb Elin Jôs i'r cwestiwn.

'Ydi, ydi,' ebe hi, gyda phwyslais gwahanol ar y ddau 'ydi'.

'Wel be yn y byd mae o yn fyta 'ta?' ebe Deian.

Methodd Elin Jôs â dywedyd dim. Symudodd ei phen yn sydyn, symudodd y fuwch ei throed, a meddyliodd Elin Jôs ei bod yn myned i gael cic. Gwaeddodd dros bob man, a rhedodd Deian i ffwrdd.

Gwelwch, felly, mai rhyw broblem ddyrys oedd y mynydd iddo.

Un diwrnod yr oedd yr awyr yn las clir, â chymylau gwynion yn ymlid ei gilydd ar ei draws, a phenderfynodd

y ddau mai dyma'r diwrnod i ddringo'r mynydd; wrth
gwrs, yr oedd diwrnod fel hyn yn ffafriol i olchi a sychu
dillad, ac i gadw gwylanod y môr yn eu tai. Ond
penderfynasant beidio â chychwyn hyd y prynhawn,
oblegid yn ôl Deian, ni byddai'r cwmwl acw, oedd fel hen
ŵr barfwyn yn ei wely, wedi cyrraedd pen y mynydd cyn
hynny. Ac felly y bu. Methai Elin Jôs â deall paham yr
oeddynt mor dda trwy'r bore, ac yn edrych mor
freuddwydiol. Ond ni feddyliodd ddim drwg pan welodd
hwy'n cychwyn tua thri i gyfeiriad y caeau. Penderfyn-
asai'r ddau fyned i'r mynydd drwy'r caeau yn lle drwy'r
llidiart, rhag ofn i'w mam feddwl dim. Gallent ddringo'r
clawdd i'r mynydd o'r Cae Ucha'n hawdd, oblegid yr oedd
yn amlwg na feddyliodd eu taid wrth godi'r cloddiau
hynny ddim am ddau dramp bach, yn wyrion iddo, nad
oedd dringo'r clawdd ond megis poeri iddynt.

Tros y clawdd i'r mynydd â hwynt, ac yn fuan trotient
trwy rug tew a thal, a Gel wrth eu sodlau. Distaw iawn y
buont ar hyd y daith. Yr oedd yn rhaid iddynt fod â'u holl
egni'n sylwi lle y rhoent eu traed, oblegid baglai y grug tal
yma hwynt. A phob tro'r edrychai Deian i fyny i'r awyr i
edrych ym mha le'r oedd y cwmwl syrthiai ar ei hyd, ond
ni thorrai ei galon. Yn hytrach, cymerai afael yn llaw Loli,
ac anogai hi gyda: 'Ty'd, Loli, ne' mi fydd y cwmwl o'n
blaena ni.'

Ond torri eu calon a fu'n rhaid iddynt, a hynny ymhell
cyn cyrraedd y top. Ni feddyliasai'r un o'r ddau fod gan-
ddynt goesau, a bod coesau, yn enwedig rhai byr, tew, yn
bethau sy'n blino'n fuan iawn wrth ymdrechu efo pheth
mor ddryslyd â grug. Gorweddodd y ddau ar y mynydd
gan edrych ar y cwmwl yn ennill y ras. Ond cyn iddynt
fedru sylweddoli eu siom cysgent yn braf. Dyna'r gorau –
neu'r gwaethaf – o fod yn blentyn! Ni orweddodd Gel. Yn

hytrach, eisteddodd, gan edrych i bob cyfeiriad â chil ei
lygad, a gwarchodai'r ddau fel petaent dywysogion.

Ac felly y daeth Elis Jôs o hyd iddynt y noson honno,
wedi crwydro a chwilio ymhobman. Nid oedd Gel yn un
o'r cŵn hynny a fydd yn myned adre i ddywedyd ym mha
le y bydd y plant bach ar goll.

Ni wyddai Elis Jôs pa beth i'w wneuthur, pa un ai
dwrdio ai llawenhau oherwydd eu canfod. Edrych yn wir-
ion iawn a wnaeth y ddau pan ddeffrowyd hwy'n sydyn, a
buont yn hir iawn cyn gwybod y gwahaniaeth rhwng y
grug a chlustog eu gwely gartref. Ni ddywedasant air ar
hyd y ffordd adre. Pan gyraeddasant y tŷ synnent weled
eu mam yn crio am ddim ond hynny bach.

'Y cnafon bach drwg,' ebe hi, 'mi gewch 'i chychwyn hi
i'r ysgol bora fory. 'Da i ddim i ddiodda poen fel hyn o
hyd efo chi.'

Pan glywodd y ddau sôn am yr ysgol dechreuasant weiddi crio dros bob man. Rhedodd Loli a rhoi ei dwylo am wddf ei mam.

'Naci, Mami, 'does arnom ni ddim eisio mynd i'r ysgol; well gynnon ni fod adra efo chi.'

'Wel pam na roswch chi adra ynta, yn lle mynd i grwydro fel hyn o hyd?'

'Nid mynd i grwydro ddaru ni,' ebe Deian, rhwng ebychiadau mawr o grio, 'ond mynd i drio twtsiad yn y cwmwl.'

'Wel chlwis i 'rioed 'siwn beth,' ebe'r fam, 'mi fydd yn rhaid imi gadw plisman gyda hyn.'

'A mi fetia i,' ebe'r tad, 'os ân nhw i'r ysgol y bydd yn rhaid i'r sgŵl gadw person a chlochydd.'

Ni ddeallai'r ddau ryw ddamhegion fel hyn, a thorasant i wylo mwy.

'Dyna fo,' ebe'r fam, wedi lliniaru dipyn, 'brysiwch fyta'ch uwd i chi ga'l mynd i'ch gwely.'

Wedi clywed newid yn nhôn llais Elin Jôs, a bwyta'r fowlied uwd, llonnodd y ddau yn fawr iawn. Cawsant eistedd un ar lin y tad a'r llall ar lin y fam, i ddal eu traed o flaen y tân cyn mynd i'w gwely. Canodd y fam,

> 'Dau gi bach yn mynd i'r dre,
> Dau gi bach yn yfed te;
> Dau gi bach yn dŵad adra
> Wedi colli un o'u sgidia'

gan afael yn nhraed Loli a'u cnocio yn ei gilydd, fel y gwnâi pan oedd hi'n fabi bychan iawn. Ac yr oedd hyn yn braw bod heddwch yn teyrnasu.

'Ydi cymyla'n blino wrth gerad?' ebe Loli, wedi swatio dan y dillad yn y gwely.

'Nac ydyn siŵr,' ebe Deian.

'Pam?'

''Does gennyn nhw ddim traed, siŵr iawn.'

'O,' ebe Loli, a syrthiodd i gysgu am yr ail dro y diwrnod hwnnw.

Erbyn bore drannoeth anghofiasai Elin Jôs ei bygwth ynglŷn â'r ysgol, ond ymhen pythefnos digwyddodd rhywbeth a wnaeth iddi gofio'n bur dda.

YMWELIAD Y DDAU Â'R YSGOL

UN nos Sadwrn cymerai'r gweinidog newydd dro oddi amgylch yr ardal i weled ei bobl, a thuag wyth o'r gloch gwelid ef yn cerdded ar hyd y llwybr trol i gyfeiriad Bwlch y Gwynt. Noson braf yn yr haf ydoedd, a phob dim yn gwneud i blant bach ddymuno bod yn blant mawr, er mwyn cael bod allan yn chwarae. Ond yr oedd Deian a Loli yn eu gwely ers hanner awr wedi saith. Dyna'r amser yr aent i'w gwely yn yr haf, a chwech yn y gaeaf. Ni fedrai'r un o'r ddau gysgu. Yr oedd hi'n boeth ac yn olau, ac yr oedd sŵn pryfed a sŵn pobl yn siarad i'w glywed. Cododd y ddau i lawr y siamber, ond cadwasant gymaint o dwrw fel y canfu eu mam nad oeddynt yn y gwely, a bu'n rhaid iddynt fyned yn ôl yn bur chwim. Wedyn setlodd yr aflonyddwch yn eu stumog, ac er eu bod newydd gael swper da o fara a menyn a llefrith, dechreuasant weiddi am frechdan. Wrth weled nad oedd gweiddi'n tycio dechreuasant ganu, 'Ga'n ni frechdan,' yn y lleisiau mwyaf ofnadwy, i 'Dôn y Botel'. Ond yr oedd terfyn i amynedd Elin Jôs hyd yn oed; estynnodd y wialen fedw oddi ar y pared, a chychwyn i gyfeiriad y siamber. 'Bobol bach,' ebe hi, 'tydi peth fel hyn ddim ffit. Diolch nad ydi'r tŷ yma ddim ar ymyl y lôn, ne' mi f'asa pobol yn troi i mewn i ofyn be sy.'

'Oes yma bobol i mewn?' ebe llais, a chnoc ar y drws. Gollyngodd Elin Jôs y wialen fedw yn ei dychryn, wrth glywed llais dieithr. Erbyn myned i'r drws pwy oedd yno ond Mr. Elis y Gweinidog. Dyn ifanc, newydd adael y coleg oedd Mr. Elis, a dyma'r tro cyntaf iddo erioed fod ym Mwlch y Gwynt. Bu tawelwch mawr yn y siamber am dipyn wedi i Mr. Elis eistedd yn y gadair freichiau o dan y simdde fawr, ond ymhen ennyd dyma 'Ga'n ni frechdan' yn dechrau wedyn. Cododd Elin Jôs ei llais i geisio ei

foddi. Cododd y lleisiau yn y siamber i geisio boddi ei hun
hithau, ac felly yn y blaen. Drwy fod Mr. Elis yn eistedd
yn y gadair freichiau yr oedd ei wyneb at ddrws y siamber
gefn, ac yn awr ac eilwaith gallai weled dau ben bach yn
snecian heibio i'r drws; a daeth rhyw ddigrifwch i ddawn-
sio i'w lygaid. Yn lle canu'n awr gofynnent am frechdan o
ddifrif. Ac yn wir, yr oedd eisiau bwyd mawr ar Ddeian.
Gwaeddai yn is ond yn daerach. Erbyn hyn yr oedd Elis
Jôs a Magi'n y tŷ, a cheisiai'r fam, drwy amryw arwydd-
ion, megis cicio traed, gael gan Magi fyned i'w ddistewi.
Ond yr oedd gan Magi ormod diddordeb yn y sgwrs, hyd
nes digwydd rhywbeth a wnaeth iddi godi ohoni ei hun.
Deian oedd yn dywedyd gair hyll. Rhedodd Magi yno, a

dododd ei llaw ar ei enau. Gwaeddodd yntau'n uwch. Ac nid oedd o un defnydd i Elin Jôs godi ei llais yn awr, oblegid yr oedd Deian yn sgrechian y gair hyll yma ar dop ei lais. Ni wyddai'r fam beth i'w wneud. Dyma'r tro cyntaf i'r gweinidog newydd fod yn ei thŷ o gwbl. 'Beth feddylith o ohonom ni?' ebe hi wrthi ei hun. Achos, fel y gwyddoch chwi, fel y gwelwch chwi bobl y tro cyntaf, felly y cofiwch chwi hwynt. Troai ei hwyneb yn bob lliw – yn wyn, yn goch, yn las. Ond edrychai'r gweinidog yn eithaf tawel, fel pe na bai dim yn digwydd, oddigerth bod rhyw wên ddireidus yn ei lygaid. Dywedai Elin Jôs bopeth o chwith. Wrth sôn am y cynhaeaf gwair, dywedodd bod y das ar ben Elis yn lle bod Elis ar ben y das. Bu Magi'n ddigon call i wneud yr unig beth y gellid ei wneud dan yr amgylchiadau, sef rhoddi'r frechdan i Ddeian, ac ni chlywyd dim rhagor o'i sŵn. Ar ôl i'r gweinidog ymadael, ebe Elin Jôs yn wylofus: 'Thwllith y dyn byth mo'r tŷ yma eto, ac mi fydd gin i gwilydd codi 'mhen yn y pentra yma.'

36

Ni ddywedaf hanes y defnydd a wnaed o'r wialen fedw'r noson honno. Nid oedd drugaredd i ymliw Loli ar ran Deian. 'Peidiwch, Mami bach, wnaiff o byth eto.' Ond fe wnaeth y fam ei meddwl i fyny'r noswaith honno ynglŷn â'u hanfon i'r ysgol, ac ni bu'n fyr o ddywedyd hynny. Yr oedd yn rhaid iddynt gychwyn brynhawn Llun.

''Chân nhw ddim bod hyd y mynydd yma'n gwrando ar yr hen Breis yn rhegi'i gŵn defaid,' ebe hi wedyn.

Tawelwch mawr oedd ym Mwlch y Gwynt drannoeth. Ni feiddiai'r un o'r ddau edrych yn wyneb eu mam, oblegid yr oedd gwg yn hongian yn drwm wrth ei haeliau, a gwên wedi mynd i ffwrdd am y diwrnod i rywle. Erbyn gyda'r nos nid oedd pethau'n ddim gwell. Aeth Deian a Loli i'w gwely ohonynt eu hunain y noswaith honno, a hir fu'r gynhadledd ddistaw bach cyn myned i gysgu, yn ceisio meddwl tybed a gadwai'r fam at ei gair drannoeth.

''F'asat ti yn licio mynd i'r ysgol, Loli?' ebe Deian.

''Dwn i ddim, f'asat ti?'

''Dwn i ddim! Mi f'aswn i'n licio gweld sut le sy yno i ddechra.'

'Mi awn ni ynta fory i gael gweld.'

'Ol reit.'

Mawr ydoedd syndod Elin Jôs, felly, pan welodd barod-rwydd y ddau i gychwyn fore trannoeth. Ond ni chawsant fyned yn y bore, oblegid, yn un peth, yr oedd ar eu mam eisiau paratoi dillad tipyn mwy taclus na'r rhai y chwar-aeent ynddynt, a hefyd byddai'r amser yn rhy hir iddynt fod yn yr ysgol drwy'r dydd, gan ei bod yn rhy bell iddynt ddyfod adref i ginio. Yr oedd y fam i fyned â hwynt i lawr hanner y ffordd i gyfarfod â Magi, a fwytâi ei chinio yn yr ysgol.

Felly bu; edifarasai Elin Jôs erbyn amser cychwyn, a bron â'u cadw gartref, ond yr oeddynt hwythau erbyn hyn yn awyddus am fyned, ac yn meddwl cryn dipyn ohonynt eu hunain – Deian wedi cael benthyg ei drowsus gorau â dwy boced ynddo, a Loli wedi cael ei brat newydd, a bag o'r un deunydd o amgylch ei gwddf i ddal ei hances boced a'i chlwt glanhau llechen.

Erbyn cyrraedd yr ysgol canasai'r gloch ac yr oedd plant yn y lein, ac aeth Magi â hwy i lein y plant bach.

'Pwy ydi'r plant bach yma?' ebe'r athrawes.

'Fy mrawd a'n chwaer bach,' ebe Magi, gan redeg i'w lein ei hun.

Cymerodd yr athrawes afael yn eu llaw ac aeth â hwy at y plant lleiaf, a chadwodd yn agos atynt, er mwyn tynnu eu capiau. Edrychai Loli'n anfoddog wrth i'r athrawes roddi ei bonnet startsh gwyn ar yr hoel, a throdd olwg hiraethus arno dros ei hysgwydd wrth fyned i mewn i'r ysgol.

Wedi bod yn eistedd yng nghanol y plant am dipyn galwodd Miss Gruffydd, yr athrawes, arnynt i'r llawr, a gofynnodd iddynt beth oedd eu hoed.

'Pedair,' ebe Deian.

'A chitha,' ebe hi wrth Loli.

''Run faint â Deian,' ebe Loli.

'Beth ydi'ch enw chi?' ebe'r athrawes.

'Deian a Loli,' ebe'r ddau gyda'i gilydd. Clywsai'r ddau y ddau enw ar yr un gwynt bob amser nes myned i feddwl mai'r ddau enw gyda'i gilydd oedd enw pob un ohonynt.

'Na, bedi'ch enw iawn chi?' ebe'r athrawes drachefn.

'Ond Deian a Loli,' ebe'r ddau.

'Ia, ond Deian beth, a Loli beth? Bedi enw'ch tad?' ebe hi'n sydyn.

'Tada ydi'i enw fo i ni,' ebe Loli, 'ond Elis fydd Mami yn 'i alw fo, a'r 'Hen Bercyn' fydd Yncl Dôl Ellog yn 'i alw fo.'

Chwarddodd Miss Gruffydd, ac aeth i'r ysgol fawr i

chwilio am Magi, ond cofiodd ar y ffordd mai Magi Jones ydoedd hi, a daeth yn ei hôl, ac ysgrifennodd rywbeth mewn llyfr.

Cafodd y ddau lechen bob un, yr un fath â'r plant eraill, ond ni wnaethant ddim ond edrych o'u cwmpas yn synfyfyriol. Ac ni wnâi'r plant eraill lawer o ddim chwaith, ond syllu ar Ddeian a Loli. Yr oedd yno lot o siarad, a dywedodd rhyw eneth fach, hapus yr olwg, wrth Loli fod yr holides yn dyfod. Ni wyddai Loli ddim ar y ddaear beth oedd holides. Gwyddai beth oedd 'holi' yn iawn, ac wrth feddwl a chysidro, penderfynodd yn ei meddwl mai ecsams oedd yr holides yma, oblegid dyna y galwai Magi, Twm a Wil yr adeg pan ddeuai'r sgŵl oddi amgylch i holi'r dosbarthiadau. Aeth yn brudd wrth feddwl am hynny, a methai â deall paham yr oedd yr eneth fach arall yma mor hapus. Wrth feddwl am bethau fel hyn neidiodd ei meddwl yn sydyn o ganol yr ysgol i ganol y mynydd. Daeth lwmp mawr i'w brest, a dechreuodd syllu ar yr athrawes. Yr oedd Deian yntau'n lled ddistaw, er ei fod yn ceisio gwneud rhyw ddefnydd o'r llechen. Â llygaid agored mawr canlynai Loli yr athrawes i bobman yn yr ystafell. Sylwai ar bob osgo ac ystum o'i heiddo. A fesul tipyn newidiai'r athrawes. Aeth ei gwallt o felyn i frith, ei hwyneb o fod yn llyfn i fod yn rhychlyd. Aeth ei brat du yn ffedog las a gwyn, a'i hesgidiau yn glocsiau ei mam. A'r munud hwnnw rhoddodd Loli un waedd annaearol dros yr ysgol, heb dynnu'r un o'i llygaid oddi ar yr athrawes.

'Isio Mami,' ebe hi.

Cymerodd Miss Gruffydd hi ar ei glin, gan ddodi ei phen i orffwys ar ei mynwes, ond nid oedd o un pwrpas. Yr oedd bodis gwlanen gartre ei mam yn llawer esmwythach na blows lliain Miss Gruffydd. Rhoddwyd hi ar y ceffyl pren, ond yr oedd hwnnw'n rhy galed i un a arferasai â chefn esmwyth merlod mynydd Josi'r Manllwyd. Cafodd fynd ar y siglen adenydd, ond ni thyciai hynny chwaith.

Toc, daeth yr amser i fyned allan i chwarae, ac ebe Deian: 'Mi awn ni adra, Loli, ty'd.' Ac wedi rhoi ei bonnet y tu ôl ymlaen, rhedasant drwy'r llidiart i sŵn lleisiau'n gweiddi o'r tu ôl: 'Mi ddeudwn ni wrth titsiar.'

Ond yr oedd y ddau yn ddigon pell cyn i'r un titsiar gael gwybod.

Yn ystod y prynhawn buasai dau ym Mwlch y Gwynt yn hollol ar goll – Elin Jôs a Gel. Cerddai'r olaf ôl a blaen, ôl a blaen i'r tŷ, gan synhwyro pob dim ac edrych i fyw llygad Elin Jôs. Methasai'r fam â gwneud dim ond cerdded i'r drws, a rhoi ei llaw ar ei thalcen, fel petai hi'n disgwyl rhywun. Yr oedd y tŷ yn rhy wag iddi fedru aros ynddo, a heb yn wybod iddi ei hun ocheneidiai'n barhaus. Yr oedd ganddi ryw go iddi deimlo fel hyn o'r blaen rywfodd. Lawer blwyddyn yn ôl, y noson gyntaf yr aeth Twm, ei phlentyn hynaf, yn ddwyflwydd a hanner oed i gysgu oddi wrthi i'w wely ei hun, teimlai'r un fath yn hollol. Ni allodd eistedd i lawr i wnïo fel y bwriadodd. Gwnaeth grempog i de, ond ni chafodd fawr hwyl. Wrth gerdded yn ôl a blaen i'r drws o hyd llosgai'r grempog.

Toc, gwelodd hwynt yn dyfod ar waelod y llwybr, a rhedodd i'w cyfarfod. Ond yr oedd Gel yno o'i blaen.

'Wel, 'y mhlant bach i, o ble daethoch chi rŵan? Tydi hi ddim yn amser eto.'

'Hiraeth eisio ... eisio,' ebe Loli, rhwng ocheneidiau mawr ... 'eisio ... Gel.'

Dysgodd Loli un peth yn yr ysgol y prynhawn hwnnw, sef swildod i ddweud ei meddwl. Ond yr oedd yno dri hapus iawn yn yfed te a bwyta crempog ymhen hanner awr.

MYNED I'R YSGOL O DDIFRIF

NID aeth Deian a Loli ddim i'r ysgol am yn hir iawn ar ôl bod yno am hanner, neu'n hytrach chwarter diwrnod yn edrych sut le oedd yno. Ni fedrent hwy ollwng gafael o'r mynydd a'r rhyddid, ac ni allai eu mam ollwng gafael ohonynt hwythau.

Ond ymhen llai na blwyddyn daeth yr adeg yr oedd yn rhaid iddynt fyned i'r ysgol. Yr oeddynt yn bump oed. Yn yr ardal honno yr oedd plisman plant nodedig iawn. Dyn hel plant i'r ysgol y geilw rhai ohonoch blisman plant. Yr oedd Gruffydd Owen, y plisman yma, yn byw ar dri pheth – edrych bod plant yn myned i'r ysgol, gwerthu 'sanau, a thaflu ei lais. Drwy ei fod yn gwneud y tri gwaith hwn, weithiau dychrynid pobl yn ddiachos. Meddyliai rhai pobl y deuai ar gownt eu plant, pan na ddeuai ond i werthu 'sanau; a meddylient dro arall ei fod yn dyfod i werthu 'sanau, pan na wnâi ddim ond gofyn sut yr oeddynt, mewn llais rhywun arall, wrth y drws.

Pan oedd Deian a Loli newydd adael eu pump, a'u mam yn addo Gruffydd Owen arnynt am eu bod yn gwrthod myned i'r ysgol y naill ddydd ar ôl y llall, pwy a gerddodd i fyny'r llwybr un diwrnod ond Gruffydd Owen. Yr oedd y ddau wrthi'n ceisio dal penbyliaid mewn tun mewn hen bwll dŵr budr, a dyma lais yn dyfod o gyferbyn â hwynt: 'Dyma blant drwg sy'n 'cáu mynd i'r ysgol.'

Codasant eu pennau, ond gan na welent neb aethant ymlaen i ymlid penbwl arall. Ond yn sydyn clywsant sŵn traed ar y llwybr tu ôl iddynt, bron wrth eu hymyl, ac wedi gweled pwy oedd yno cymerasant y goes trwy'r llidiart, heibio i'r tŷ, ac i un o'r cytiau'r ochr draw. Caeasant y drws, a dodasant eu cefnau arno. Gwelodd Gruffydd Owen le am hwyl, yn ei feddwl ef, a dilynodd hwynt.

Rhoddodd ei wyneb ar ffenestr y cwt, a daeth llais o'i gongl bellaf: 'Mi geith plant sy'n aros adra yn lle mynd i'r ysgol fynd i'r jêl.' Dyna oedd ei syniad ef am hwyl.

Wedyn aeth i'r tŷ, ac adroddodd yr hanes wrth Elin Jôs. Er iddo grybwyll ei bod yn bryd i Ddeian a Loli fyned i'r ysgol, soniodd fwy am brisiau 'sanau. Ac, yn wir, fe werthodd ddeubar yn y rhagolwg y byddai ar y ddau blentyn eu heisiau yn fuan i fyned i'r ysgol. Wedi iddo fyned dyma Loli i'r tŷ o lech i lwyn, gan edrych heibio i'r palis, rhag ofn ei fod yno.

'Mami,' ebe hi, pan ganfu fod ei mam wrthi ei hun, 'mae Deian yn sâl.'

'Yn sâl? Ym mhle?' ebe'r fam.

'Yn y cwt grug.'

Nid cynt y dywedodd nag yr oedd yno, a dyna lle'r oedd Deian, ar ei hyd ar lawr, a'i wyneb yn wyn fel y galchen. Y peth cyntaf a ddywedodd Elin Jôs ydoedd: 'Dyna fi wedi prynu'r pâr dwaetha o 'sana gin y dyn yna. Mi geith lwgu cyn y pryna i'r un eto.'

Daeth Deian ato'i hun, ond ni bu fawr drefn arno'r diwrnod hwnnw.

Modd bynnag, bu'n rhaid defnyddio 'sanau'r plisman plant i fyned i'r ysgol yn fuan iawn. Fel y dywedai'r hen Ifan Jôs, dosbarth yr A.B.C. yn yr Ysgol Sul: 'Mae'r gair *rhaid* wrth 'ych penna chi, 'mhlant i.'

A chan fod y gair *rhaid* yn bygwth disgyn ar eich pen o bumed blwyddyn eich bywyd hyd y ddeuddegfed yn yr ysgol bob dydd, yno y bu'n rhaid i Ddeian a Loli fyned. Yr oedd yno grio a strancio ym Mwlch y Gwynt am dipyn; ond, fel pawb ymhobman, fe ddaeth Deian a Loli i gynefino â'r ysgol.

Cynefinodd Deian yn gynt na Loli. Daeth ef i hoffi gwneud syms yn fawr iawn. Gallai weithio rhai yn ei ben yn gyflym, a swniai 'Well done' yr athrawes yn ei glust y peth diwethaf cyn iddo gysgu, a gwnâi iddo edrych ymlaen at drannoeth.

Mor llwyr yr aeth yr ysgol â bryd Deian ymhen amser fel y'i câi ei hun yn aml yn penlinio wrth ei wely cyn myned iddo, yn dechrau gydag: 'Ein Tad, yr hwn wyt yn y Nefoedd,' ac yn diweddu gyda: 'Twice twelve are twenty-four.'

Nid felly Loli. Ni allai hi weled paham bod yn rhaid i ddau a thri wneud pump, a dim ond trwy ffydd y gwelodd hi hynny ar hyd ei hoes. Dyfod i ddygymod â'r syniad a wnaeth hi, ac oherwydd hynny byddai'n hir iawn yn gwneud ei syms. Gwnâi hwynt yn y diwedd ar ôl pawb arall, ond byddai cymaint o bethau posibl wedi pasio trwy ei meddwl fel y byddai yn olaf yn gorffen. Er enghraifft, os byddai sôn am rywun yn cael pedwar afal yn y sym byddai dannedd Loli mewn afal dychmygol mewn munud. Os byddai sôn am farblis fe'i gwelai Loli ei hun yn chwarae efo Deian ar y darn olaf o'r ffordd cyn troi o'r mynydd.

Nid oedd y ffigurau o ddim pwys yn ei golwg hi; y peth-au oedd yn bwysig.

Ond câi hithau flas mawr ar un wers. Pan ddywedai'r athrawes ryw stori wrthynt yr oedd yn glustiau ac yn llyg-aid i gyd. Dilynai'r stori bob cam, ac nid yn unig hynny, yr oedd pob stori'n digwydd yn ei meddwl hi yn rhywle y gwyddai hi amdano. Pan aeth y Brenin Alfred ar goll, i'w tŷ hwy, Bwlch y Gwynt, y trodd am nodded. Teisennau ei mam a losgodd, a mam Loli a'i tafododd am wneud hynny. Gallai ei mam wneud hyn cystal, os nad gwell, na'r wraig yn y stori. Pan ddeuai adref o'r ysgol adroddai bob stori air am air fel y clywsai hwynt gan yr athrawes. Am Ddeian, nid oedd ganddo ef amynedd gyda rhyw hen stori wirion. Cyfrifai ef bopeth a welai – sawl cwpan oedd yn y cwpwrdd gwydr, sawl botwm oedd ar gôt ei dad, a sawl pry' oedd yn y bowlen siwgr.

Ond mewn un peth yr oedd y ddau'n hollol yr un fath, a hynny oedd eu cariad at anifeiliaid. Ni châi yr un pry' farw os gallent hwy ei rwystro. Yn yr haf deuai'r pryfed ar eu sgawt o'r awyr, a syrthient i'r piser dŵr a fyddai dan bis-tyll Bwlch y Gwynt. Yr oedd yn rhaid gadael y piser dan y pistyll bron drwy'r dydd yn yr haf, gan ei fod yn llifo mor fain. Ceisiai'r ddau eu hachub drwy eu codi o'r piser, a'u dodi ar ben y wal i sychu. Ond y mae arnaf ofn i lawer o'r pryfed farw ar ben y wal, drwy i fysedd bach anghelfydd eu gosod yno. Pe buasai'n rhaid i Ddeian a Loli 'sgrifennu traethawd ar 'Fanteision ac anfanteision cadw mochyn', credaf mai un o'r anfanteision ganddynt a fuasai mai peth anodd yw ymadael â mochyn hyd yn oed, wedi i chwi ei wylio'n bwyta uwchben y cafn am ryw bum mis. Gall mochyn fod yn beth reit hoffus, er nad yw cyn dlysed â llo bach.

Un diwrnod, ymhen tipyn o amser wedi i Ddeian a Loli ddechrau myned i'r ysgol, âi y moch i ffwrdd. Un peth cas iawn yn nyn y fflôt oedd, deuai yno i nôl y moch ben bore, rhyw ddeng munud cyn i'r plant gychwyn i'r ysgol. Ni byddai'n waeth iddo aros nes âi'r plant i'r ysgol ddim.

Ond wedyn, safai yr un gair uwchben dyn nôl moch ag oedd uwchben plant ysgol. Pan âi'r moch i ffwrdd byddai yna ddieithriaid yn eu cychwyn; byddai Elin Jôs wedi siarad â dau o ddynion trwsio'r ffordd y diwrnod cynt i ddyfod yno i'w codi i'r fflôt. Ni allai'r un o'r plant edrych ar y codi. Rhedent i gyd i'r siamber gefn, gorweddent ar draws y gwely, a rhoddent eu bysedd yn eu clustiau. Ac os aech i'r tŷ llaeth gallech weled rhes o bedolau clocsiau disglair yn eich wynebu. I Ddeian a Loli yr oedd y codi yr un peth â lladd. Iddynt hwy, lleddid y moch wrth eu codi i'r fflôt.

Ar ddiwrnod pwyso moch cerddai'r fam i lawr i'r dref tu ôl i'r fflôt, ac arhosai Magi adref i warchod. Y diwrnod hwn aeth Deian a Loli, yn ôl eu harfer, allan i'r pentref ar ôl llyncu eu cinio yn yr ysgol ganol dydd. Teimlent ar goll ar ddiwrnod pwyso moch bob amser. Ni allent ddywedyd beth oedd yn bod, ond teimlent fod rhywbeth ar ôl yn eu bywyd y diwrnod hwnnw. Modd bynnag, y diwrnod yma ni chawsant amser i feddwl na theimlo dim, oblegid erbyn myned i'r pentref yr oedd yno ryfeddod na welsai'r un ohonynt mohono o'r blaen – dyn â mwnci. Yr oedd criw o blant y pentref o amgylch y dyn – plant yr oedd eu bwyd gartref yn oeri wrth ddisgwyl amdanynt. Ni welsai'r un ohonynt y fath beth erioed. Yr oedd llygaid Loli bron â neidio allan o'i phen wrth weled y creadur bach yma, oedd mor debyg yn ei wyneb i hen ddyn, mewn côt goch, ac yn edrych yr un ffunud â phetai arno eisiau i bawb edrych ryw ffordd arall, yn lle edrych arno fo. Taflodd rhywun gneuen iddo, a dangosodd yntau fwy o ddiddordeb mewn bywyd. Rhyfeddai'r plant ato'n torri'r gneuen â'i ddannedd ac yn taflu'r plisgyn mor ddeheuig. Symudodd y dyn ymhen ychydig, wedi iddo orffen tôn ar yr organ, a dilynodd y rhan fwyaf o'r plant ef. Anghofiasant fod y fath le ag ysgol mewn bod. Dilynasant y dyn â'r mwnci a'r organ i fyny i'r pentref uchaf. Sylweddolodd Deian a Loli eu bod erbyn hyn yn agos iawn i gartref. Yr oeddynt yn awyddus iawn am iddo ddyfod cyn belled â Bwlch y Gwynt, er mwyn i Magi gael gweled y mwnci, a hefyd, yr hyn oedd bwysicach, er mwyn cael rhoi rhywbeth i'w fwyta iddo. Methent â gwybod sut y medrent wneud i'r dyn ddeall bod arnynt eisiau iddo ddyfod at eu tŷ hwy. Daeth syniad i ben Deian. Gofynnodd i Wil Pen Ffordd, oedd yn Standard VI, ofyn i'r dyn.

'Wil iw cym ddus wê?' ebe Wil.

Ni ddywedodd y dyn air, ond gwnaeth fel y ceisiwyd ganddo. Ac yn lle bod y plant yn dilyn y dyn â'r mwnci, y dyn â'r mwnci a ddilynai'r plant. Wedi cyrraedd llidiart Bwlch y Gwynt rhedodd Deian a Loli i'r tŷ dan weiddi: 'Magi, Magi, ty'd yma i weld be sy gynnon ni – dyn â mwnci.'

Erbyn i Magi ddyfod i'r drws yr oedd y dyn wrthi'n canu'r organ, a'r plant wedi eu gosod eu hunain ar hyd y wal o flaen y tŷ. Edrychai'r mwnci'n reit ddigalon, a sleifiodd Deian a Loli i'r cefn i edrych beth a gaent i'w fwyta iddo. Gwyddent fod yno ddysgled o gwsberis a llond piser bach chwarel o gruglus i wneud teisen at y Sul. Safodd

Deian ar ben cadair i estyn rhai ohonynt i ddwylo Loli, ac
aeth Loli â hwynt i'r mwnci. Ac O! lawenydd.

'*Salute!*' ebe'r dyn, a safodd y mwnci ar ei ben am ryw
ddau eiliad. Tybiai'r plant fod gàn lawer dyn ffordd wir-
ionach na hynny o ddywedyd 'Thanciw'. Yna dechreuodd
fwyta. Torrai'r gwsberen yn ei hanner. Bwytâi gynnwys ei
thu mewn, a thaflai'r croen. Ni chymerodd sylw o'r crug-
lus. Wrth ei weled yn mwynhau'r cwsberis, a chan
ddisgwyl am y '*salute*' drachefn, aeth Deian i nôl rhagor o'r
ffrwyth. Daliai'r dyn i ganu'r organ, a daliai'r mwnci i
fwyta cwsberis, ac yr oedd gwaelod y ddysgl yn y golwg
heb i Magi wybod, er y gallasai feddwl hynny. Dechreuai
Magi, erbyn hyn, anobeithio am gael gwared o'r dyn,

oblegid edrychai fel petai am aros drwy'r dydd. A byddai
ei mam adref o'r dref ymhen ychydig. Daliai i ganu o hyd,
ac ni allai hithau ddywedyd wrtho am fyned. Efallai y
gwrthodai fyned. Sut bynnag, daeth syniad reit beniog i'w
phen. Fe âi'r dyn ond iddo gael pres. Ond ym mha le y câi
hwynt? Aethai ei mam â'i phwrs gyda hi. A phe nad aethai
ag ef ni feiddiasai gymryd dim ohono. Ond yr oedd yn

rhaid cael gwared o'r dyn. Cofiodd y byddai ei thad weith-
iau yn tincian pres ym mhoced ei drywsus noson waith.
Aeth i chwilio, a chafodd ddwy geiniog yno. Yr oedd ei
synnwyr yn drech na'i chydwybod am dro, a chymerodd
hwynt i'w rhoi i'r dyn. Cymerodd y dyn hwynt, a

gwnaeth i'r mwnci roddi *'salute'* amdanynt. Aethant i ffwrdd y munud nesaf, er bod y dyn ar hanner tôn. Pan ddaeth y fam adref eglurodd Magi iddi fel y cymerodd y ddwy geiniog o boced ei thad. Ni ddwrdiodd hi y tro hwn. Yr oedd y moch wedi pwyso'n rhagorol, welwch chwi, ac yr oedd tymer dda ar Elin Jôs.

COSBI

PAN fydd pobl yn meddwl am rywbeth leiaf, neu heb fod yn meddwl amdano o gwbl, y tro hwnnw y daw. Ni feddyliodd Deian a Loli y byddai storm yn eu haros drannoeth yn yr ysgol. Yr oedd stormydd yn bethau pur gyffredin yn eu bywyd gartref, ond yn yr ysgol, hyd yn hyn, yr oedd pethau'n dawel iawn. Ac wrth na chafwyd storm gartref am roddi pethau mor amheuthun â chwsberis i fwnci, ni feddyliodd yr un o'r ddau fod storm yn ei aros am roddi peth mor rhad â phrynhawn diwrnod ysgol i fyned ar ôl mwnci.

Nid oedd yr ysgol yr âi Deian a Loli iddi yn ddigon mawr i ysgol y babanod fod ar wahân. Yr oedd Mistar Wmffras, y sgŵl, yn feistr ar blant ysgol y babanod hefyd. Nid oedd Deian a Loli'n gybyddus iawn ag ef, oblegid ni welent ef ond yn anaml, a hynny pan ddeuai i ysgol y babanod ar ei sgawt. Gwyddai rhai o blant ysgol y babanod a ddeuai i'r ysgol ar ôl amdano'n well. Deuent i'w adnabod drwy gyfrwng y gansen. Ond yr oedd plant Bwlch y Gwynt yn byw'n rhy bell o'r ysgol i fod byth ar ôl.

Erbyn hyn âi Deian a Loli i'r ysgol y bore a'r prynhawn, ac aent â'u brechdan gyda hwynt i'w bwyta yn yr awr ginio. Cerddent i lawr yn y bore gyda'r plant eraill, a byddai llond y ffordd ohonynt, a charreg ateb pedolau eu clocsiau i'w glywed yn bell. Y bore yma prin y gallech glywed sŵn traed gan y sŵn siarad. Ac mi ellwch gesio mai'r dyn â'r mwnci oedd y testun. Braidd yn sbeitlyd oedd Bob Siop y Gongol, achos gwelsai ef fwnci gwell na hwnnw lawer gwaith yn y dre, meddai ef, ac oherwydd hynny ni ddilynasai'r plant y diwrnod cynt. Cadwai tad Bob siop, a châi yntau fyned efo'i dad yn o aml i'r dre.

51

'Mi welis i fwnci yn dwyn capia pobol wrth i'r dyn ei ddal ar ei ysgwydd,' ebe Bob.

'Mi roedd y mwnci yma yn byta cwsberis ac yn taflu'r croen,' mentrai Deian, a rhywbeth yn ei lais yn awgrymu bod hynny'n fwy o gamp o lawer.

'Tae waeth,' ebe Bob, yn ei lais mwyaf sbeitlyd, 'mi fydd yno hen slapio yn yr ysgol heiddiw.'

Taflodd hyn Deian a Loli i fudandod llwyr. Nid edrychai'r plant eraill fel pe baent yn malio rhyw lawer.

Ni feddyliodd yr un o'r ddau fod y fath beth yn bosibl – cael slap am wneud yr hyn oedd yn hollol naturiol. Cawsant amser annifyr iawn o hynny ymlaen. Agorodd Loli ei llygaid yn ystod y pader i edrych i gyfeiriad y drws, a gweddïodd am i'r sgŵl gael gallu i anghofio'r diwrnod cynt. Ond nid atebwyd mo'i gweddi, oblegid cyn gynted â bod y pader drosodd daeth y sgŵl i mewn, â thân gwyllt yn ei lygad, a hwnnw'n disgyn ar Ddeian a Loli. Dywedodd wrthynt am fyned i mewn i'r ysgol fawr. Y munud hwnnw y sylweddolodd y ddau mai hwy oedd yr unig rai o'r ysgol bach a gollodd yr ysgol y prynhawn cynt. Daeth arswyd dyn ar ei ffordd i'r crocbren dros y ddau. Dyma'r tro cyntaf iddynt erioed fod yn yr ysgol fawr, a gafaelodd Deian yn llaw Loli. Rhoddwyd hwynt i sefyll gyda rhes o blant eraill. Yr oedd yr olwg ar y sgŵl yn ddigon i ddychryn y cryfaf yn y rhes honno. Dywedai rhai pobl nad oedd y sgŵl yn rhyw gall iawn, neu o leiaf y byddai'n colli arno ei hun yn lân ar adegau. Weithiau rhoddai wib o redeg o un pen i'r llall o'r ysgol, hynny a fedrai, ei het ar ochr ei ben a'i ddwylo dan lapedi ei gôt. Ni wna dynion call iawn beth felly. Yr oedd golwg wirion iawn arno'n awr. Siaradai yn Saesneg am y pechod mawr o fyned yn erbyn ei awdurdod ef. Ni ddeallai hanner y plant ef, ond deallent ei olwg i'r dim. Wedyn trodd i'r Gymraeg, a dywedodd, 'Wyddoch chi i ble bydd plant fel chi yn mynd ar ôl marw?'

Gan y teimlai pob un ohonynt na byddai'r lle hwnnw fawr gwaeth na'r lle yr oeddynt ynddo ar y pryd, nid atebodd neb air.

'Mae'r Rhodd Mam newydd yn dweud mai lle o boen i gosbi pechod ydyw uffern,' âi ymlaen, 'ond yr oedd yr hen Rodd Mam yn dweud mai llyn yn llosgi o dân a brwmstan oedd o, a'r hen Rodd Mam sy'n iawn,' meddai, gydag awdurdod dyn oedd i fod i gyflenwi'r brwmstan yn y byd nesaf. Ar ôl y bregeth danllyd yma gwnaed y cymhwysiad ohoni drwy'r gansen. Deuai i lawr gyda nerth cwymp mewn chwarel, ac ar y lleiaf yr un fath â'r rhai mwyaf. Torasai Loli i grio cyn i'w thyrn hi ddyfod, wedi dychryn wrth weled hogiau mawr yn crynu dan y driniaeth. Pan ddaeth ei thyrn hithau a Deian ni wnaed sylw o'r dagrau. I lawr y daeth y gansen yr un fath.

Dau blentyn bach wedi torri eu crib yn arw a âi i'r ysgol bach yn ôl y bore hwnnw. Daliodd Deian y slap yn o lew, ond yr oedd arno ofn iddo bechu yn erbyn Miss Gruffydd. Aeth i'w le â'i ben i lawr, gan dynnu Loli ar ei ôl. Â'i ben i lawr y bu am hir iawn, hyd oni alwodd llais am ei sylw at ei wers. Canfu'r pryd hynny nad oedd Miss Gruffydd, beth bynnag, ddim dicach. Erbyn adeg allan chwarae chwyddasai llaw Loli gryn dipyn. Croen tyner iawn oedd ganddi, a gwallt coch; anghofiais ddywedyd hynny wrthych o'r blaen. Pan oedd criw o blant o gwmpas Loli yn ecsamio'i llaw dywedodd Dic Pwll Gro: 'Mi fydd o'n dyfaru am beth mae o wedi 'neud y bora 'ma, eto. Synnwn i ddim na cheith 'ych mam bresant gynno fo un o'r dyddiau nesa yma.'

Y gweddill o'r dydd cerddai'r sgŵl yn ôl a blaen i'r ysgol bach o hyd o hyd, gan daflu golwg ar Ddeian a Loli bob

tro. Wrth fyned adref o'r ysgol y prynhawn hwnnw pen-
derfynodd y ddau beidio â sôn am y gweir gartref. Cynllun
Deian oedd hyn, a dywedasant wrth y plant eraill am beid-
io â sôn.

Rywdro tua naw o'r gloch y noson honno, cyn i weddill
y teulu fyned i orffwys, dechreuodd Loli weiddi a chrio
trwy'i hun, peth na wnaethai erioed o'r blaen. Yr unig beth
a geid ganddi oedd fod rhyw fwgan mawr ar ei hôl. Y ffaith
amdani oedd y cawsai yr hyn a ddywedodd y meistr effaith
mwy parhaol arni na'r gansen. Yr oedd 'y llyn yn llosgi o
dân brwmstan' wedi ei dilyn drwy'r dydd, ac ymhell wedi
i'r plant eraill gysgu meddyliai hi amdano. Dysgasai yn yr
Ysgol Sul fod cosbi i fod ar blant drwg wedi iddynt farw;
yr oedd hynny'n ddigon drwg, ond yr oedd ei thaflu i 'lyn
yn llosgi o dân a brwmstan' yn rhy ofnadwy iddi feddwl
amdano. Ac eto corddai ei meddwl dân a brwmstan o hyd.
Y noson hon y dechreuodd feddwl am bethau fel hyn o
gwbl. Clywsai fod plant da'n myned i'r nefoedd ar ôl
marw, ac yn ôl pob dim a glywsai, yr oedd y fan honno'n
lle braf. Yr oedd hynny'n well na myned i uffern, mae'n
wir, ac yn well o ddim rheswm na myned i lyn o dân
brwmstan. Wedi meddwl am dipyn, penderfynodd Loli
nad oedd arni eisiau myned i'r nefoedd chwaith. Achos,
wedi'r cwbl, yr oedd yn rhaid i chwi aros yn y fan honno
am byth. A blino mae pawb ar yr un lle o hyd, hyd yn oed
ar le braf. Wedyn dechreuodd feddwl am 'byth'. Dech-
reuodd gyfrif un 'byth'; wedi dyfod i ddiwedd hwnnw
dechreuodd gyfrif un arall; gan nad oedd diwedd ar
hwnnw wedyn, dechreuodd gyfrif un arall. Daeth ofn arni
wrth feddwl am rywbeth heb ddim diwedd, a phenderfyn-
odd yn ei meddwl nad oedd arni eisiau bod yn unlle am
byth. Wedyn dechreuodd feddwl beth petai ei thad a'i
mam yn cael myned i uffern? Yr oedd yn gwbl siĉr yn ei

meddwl mai i'r nefoedd y câi hi fyned. Nid oedd dim dwy-waith am hynny. Penderfynodd y byddai'n well ganddi fod yn uffern, a chael bod yno efo'i thad a'i mam. Dyna oedd y peth mawr, cael bod efo'i gilydd. Yng nghanol y myfyrdod-au yma aeth i gysgu. Deffrôdd tua naw; yr oedd rhyw fwgan ar ei hôl ac yn ei gyrru'n bellach, bellach o gartref o hyd.

Bu'n hir iawn yn dyfod ati ei hun. Clywsai Elin Jôs fod dal dwylo y rhai fydd yn sgrechian drwy'u hun mewn dŵr yn beth da iawn. Gwnaeth hynny, a deffrôdd Loli, ond yr oedd yn sâl ar ôl deffro ac yn bur wael bore drannoeth, a chadwodd ei mam hi gartref am y diwrnod.

Y noson honno, ymhen tipyn wedi i Elis Jôs ddyfod o'r chwarel, pwy a ddaeth i Fwlch y Gwynt ond y sgŵl ei hun. Gwelsai y plant ef yn dyfod, a rhedasant i gyd i'r beudy i ymguddio, a dyna lle'r oeddynt yn brathu eu pen-nau heibio'r drws uchaf o hyd, fel colomennod o ddrysau eu cytiau. Gwyddai'r plant yn lled dda beth oedd amcan ei ymweliad, a buasent wrth eu bodd gael bod yn y tŷ.

'Sut ydach chi yma heno?' ebe llais wrth ddrws y tŷ.

'O, chi sy 'na, Mr. Wmffras? Dowch i mewn,' ebe Elin Jôs.

Eisteddodd y sgŵl ar ymyl y gadair oedd gyferbyn â Loli, ac ar ymyl y gadair y bu ar hyd yr amser, ac yn rhwbio bagl ei ffon yn ôl ac ymlaen efo'i law o hyd.

'Mae hi'n noson braf,' meddai.

'Ydi, braf iawn,' ebe Elis Jôs.

'Mae hi'n tyfu'n ardderchog rŵan,' ebe'r sgŵl.

'Ydi, ond eisio glaw sy arnom ni,' ebe Elin Jôs. Cytun-ai'r sgŵl.

'Ydi'r eneth bach yn cwyno?' gofynnai.

'Ydi, tydi hi ddim hannar da heiddiw, ac mi cadwis hi adra,' ebe Elin Jôs.

'Y peth gora allasach chi 'neud,' ebe'r sgŵl, yn glên iawn; 'mi fydda i'n deud bob amsar mai cadw plant adra ydi'r peth gora pan wêl rhywun rwbath arnyn nhw. Ro'n i'n ama nag oeddwn i ddim wedi gweld Loli yn yr ysgol heddiw, a mi drois i mewn wrth basio rŵan am dro i ben y mynydd. Mi fydda i'n ffond iawn o ddŵad i ben y mynydd yma am dro.'

Edrychai Loli yn synfyfyrgar i'r tân o hyd.

Wedi rhyw siarad yma ac acw, ar draws ac ar hyd, cychwynnodd y sgŵl i fyned, a rhoddodd 'orange' bob un i Loli ac i'w thad a'i mam.

Bore drannoeth aeth Loli i'r ysgol, ac wrth gorddi amheuodd Elin Jôs fod a wnelo'r sgŵl rywbeth â chrio Loli trwy ei hun, a phletiodd ei gwefusau'n arw. Yn y prynhawn aeth i Siop y Gongol, a chafodd yr hanes i gyd. Bu agos iddi fyned yn sâl pan glywodd, nid yn gymaint oherwydd y slapio, ond oherwydd i'r sgŵl fod yno a hithau'n gwybod dim am y row. Meddyliodd o ddifri, rŵan, Elin Jôs – Elin Jôs o bawb – yn colli cyfle i roi pregeth i un oedd yn ei gwir haeddu. Dal llwynog a'i ollwng wedyn. Mi gafodd Elin Jôs lawer o brofedigaethau yn ei bywyd, ond yr oedd hon yn un o'r rhai mwyaf ohonynt.

GWYLIAU A CHWARAE

AR ôl y pethau a ddigwyddodd yn y bennod o'r blaen aeth yn gasach gan Ddeian a Loli fyned i'r ysgol o lawer, yn enwedig Loli. Nid oedd Deian yn malio rhyw lawer mewn cael slap. Teimlai ei fod yn fwy o ddyn o gymaint â hynny; ond am Loli, plannodd y slap gyntaf honno ryw gasineb ynddi at bob sgŵl ac ysgol yn y wlad yma. Yr oedd gweled crib tŷ a fyddai'n debyg i grib yr ysgol yn ddigon iddi gasáu'r tŷ hwnnw.

Dywedid yn nechrau haf y byddai'r ysgol yn torri ym mis Gorffennaf. Syniad Loli am hynny oedd y byddid yn tynnu'r ysgol i gyd i lawr yn y gwyliau, a'i hailadeiladu wedyn cyn iddi agor yn niwedd Awst. Yr oedd gan Loli ffydd fawr mewn gweddi, ac nid anghofiai unwaith weddïo yn ystod y gwyliau am i'r seiri gymryd mwy na mis i'w hailadeiladu. Yn wir, gweddïodd unwaith am i'r dynion gael eu brifo, ond nid eu brifo yn arw, er mwyn i'r gwaith fyned ymlaen yn ara deg. Ond ar ddiwedd y mis gwyliau byddai'r ysgol yno'r un fath yn hollol ag ydoedd cyn iddi dorri; a chansen newydd ar ddesg y sgŵl.

Yr haf cyn iddynt symud o'r ysgol fach i'r ysgol fawr gwnaeth Loli'r defnydd gorau o'i gwyliau. Cymerai'n ganiataol ddau beth – y byddai'n siŵr o basio i'r ysgol fawr, a chyn sicred â hynny, mai jêl fyddai'r ysgol fawr iddi hi.

Ond nid oedd dim lwc wrth chwarae hyd yn oed. Hoff bleser Loli oedd chwarae tŷ. Allan ar y mynydd y gwnâi hynny. Gwal cae Bwlch y Gwynt a fyddai un ochr i'r tŷ, a gwneid yr ochrau eraill o gerrig lled fân wedi eu gosod wrth ei gilydd gan Ddeian fel rheol, achos pan fyddai Loli wrthi'n gosod y cerrig deuai Deian yno, a dywedai: 'Tydi'r ochr yna ddim yn strêt.'

'Ydi, ma' hi,' ebe Loli.

'Nag ydi,' ebe Deian, 'ty'd i sefyll i fan'ma iti gael gweld.' A chymerai Loli dafliad carreg o'r neilltu, ac o'r fan honno gellid gweled bod y wal yn gam. Rhoddai hyn ysfa yn nwylo Deian am ei gwneud yn wastad, ac âi Loli hyd y mynydd i chwilio am fwsog i'w roddi ar lawr ei thŷ. Yr oedd yn rhaid iddi hi gael mwsog. Ni byddai ar y merched eraill eisiau dim byd gwell na gwelltglas, ond yr oedd hi am fynnu llawr mwsog. Cynrychioli llawr teils a wnâi glaswellt, ond cynrychiolai mwsog garped. Unwaith erioed y gwelsai Loli garped, a hynny ym mharlwr Mrs. Ifans y Siop. A dim ond o bell y gwelodd ef y tro hwnnw: cael cip-olwg o'r lobi trwy'r drws pan anfonwyd hi ar neges ar brynhawn dydd Iau. Ei hawydd y munud hwnnw oedd tynnu ei chlocsiau a myned i ddawnsio ar y carped. Modd bynnag, rhoddodd hynny syniad iddi am lawr ei thŷ hi. Fe wnâi mwsog y tro i'r dim. Po dewaf y byddai gorau yn y byd. Dim ods os codai'r mwsog yn uwch na gwal y tŷ. Rhaid i chwi wincio ar bethau felly wrth chwarae. Erbyn iddi ddyfod yn ei hôl gyda baich o fwsog gorffenasai Deian y tair gwal ac 'roedd wedi gwneud llwybr at y tŷ.

'Nid llwybr fel 'na oedd arna i eisio,' ebe Loli, gan daro ei throed yn y llawr.

'Wel, sut un 'ta?'

'Un a throada yno fo,' ebe Loli.

Llwybr union a wnaethai Deian, ond gwelsai Loli lwybr a throadau ynddo yn arwain at Blas y Glyn y diwrnod y bu yn y dre.

Mae'n dda nad saer maen oedd Deian, neu buasai'n sobr iawn arno'n gorfod chwalu llwybr a'i ail-wneud ar gyn lleied â hynny o rybudd. Troellai'r ail lwybr fel afon ar le gwastad, a bu'n rhaid cael dwy garreg wen fawr i'w dodi ar ben y llwybr wrth y llidiart. Llechen las ar lawr oedd y llidiart. Nid oedd Loli'n fodlon ar y mwsog heb gael clustog fawr i'w dodi o flaen y tân. (Nid oedd ganddi le tân eto.) Rŵan gwelsai hi fwsog gwahanol yn tyfu yng nghae Foty Wen, mwsog bach, byr, caled, a heb fod hanner cyn esmwythed â'r un oedd ar y llawr. Tybiai, ond iddi gael tywarchen fawr o hwnnw, y gwnâi glustog ardderchog. Mynegodd hynny i Ddeian.

'Tw,' ebe yntau, 'i be sy an't ti eisio clustog? Mi neiff y mwsog yna'n iawn, ne' ddarn o sach.'

Gwnaeth Loli y fath guchiau wrth sôn am sach fel y bu'n edifar ganddo sôn.

'Sach,' ebe hi, 'ar giarpad. Rhaid iti gael clustog o giarpad i roi ar giarpad.'

Meddyliodd Deian rhyngddo ag ef ei hun fod genethod yn bethau rhyfedd iawn – eisiau tŷ i gychwyn. Ond nid oedd yn anfodlon myned i gae Foty Wen i dorri tywyrch chwaith.

Gwelsai bobl cyn hyn yn torri mawn yn y Fawnog, ac yr oedd rhyw swyn rhyfedd iddo mewn gweled dynion yn torri'r ddaear yn dalpiau sgwâr, gwastad.

Yr oedd yn rhy fychan i fedru cario rhaw bâl, ac aeth i'r tŷ i chwilio am y rhaw lo. Daethant o hyd i'r mwsog byr, caled yma yn bur fuan. Ond tipyn o orchwyl oedd codi tywyrch efo rhaw lo. Bu'n rhaid i Ddeian gael gwneuthur llinellau union efo llechen finiog i gychwyn, er mwyn torri'r dywarchen yn wastad. Chwiliai ei lygaid am ddwy ochr yr un faint bob amser. Llwyddasant rywsut i dorri dwy dywarchen. Yr oedd yn rhaid i Loli gael un fawr i'w rhoi wrth y tân, ac un fechan i'w rhoi wrth y drws. Ni châi Deian eu cario, rhag ofn iddo eu torri; ac yr oedd yn rhaid i rywun gario'r rhaw. Er mwyn eu cario yn wastad, a rhag iddynt dorri, yr oedd yn rhaid i Loli estyn ei dwy fraich allan fel petai hi'n gwneud dril yn yr ysgol. Erbyn cyrraedd Bwlch y Gwynt yr oedd ei breichiau wedi cyffio, a gwaeth na hynny, yr oedd rhyw gosi a rhyw losgfeydd rhyfedd ar ei breichiau. Ond yr oedd y clustogau yno yn berffaith. Tân a dodrefn yn unig oedd arnynt eu heisiau wedyn. Ond, O bobl! yr oedd rhyw gosi ofnadwy ar Loli dros ei holl gorff erbyn hyn, a bu raid iddi fyned i'r tŷ yng nghanol y darn melysaf o'r chwarae. Dyna lle'r oedd hi'n sgrytian ac yn sgrytian ar hyd y ffordd i'r tŷ.

'Be sy?' ebe'i mam, pan welodd hi.

'Cosi,' ebe Loli. 'O! O!'

Cochodd wyneb Elin Jôs i gyd, achos yr oedd Mrs. Ifans y Siop yn y tŷ ar y pryd, yn hel at y genhadaeth.

'O, tynnwch 'y nillad i mewn munud,' ebe Loli, 'ma'
rhwbeth yn 'y myta i'n fyw.' (Dywediad a glywsai gan ei
mam oedd hwnyna.)

Wrth weled y pangfeydd ar ei hwyneb gwelodd ei mam
nad oedd dim i'w wneud ond datod ei dillad ar unwaith –
Mrs. Ifans y Siop neu beidio. Ni bu'n rhaid iddi ddatod
fawr cyn iddi weled achos yr holl derfysg. Gwelai reng-
oedd o forgrug yn martsio ar hyd gwddw Loli i fyny am ei
phen.

'Sbiwch, Mrs. Ifans,' ebe Elin Jôs, a rhoddodd Mrs.
Ifans ei sbectol oedd yn sownd wrth gadwyn, ar flaen ei
thrwyn.

'Be yn y byd fuost ti'n 'neud?' ebe ei mam.

'Chwarae tŷ,' ebe Loli.

'Wel, lle yn y byd cest ti'r holl forgrug yma?'

''Dwn i ddim; o tynnwch 'y nillad i.'

Ac i'r beudy y bu'n rhaid iddi fyned a gollwng ei dillad i
lawr, a chael ei dillad gorau o'r tŷ i'w rhoi amdani. Cafodd
Elin Jôs esboniad ar y morgrug wrth fyned i ddanfon Mrs.
Ifans at y llidiart, a gweled y clustogau mwsog.

Ond yr oedd gwaeth profedigaethau na hynyna yn ei
haros. Drannoeth, ar doriad y dydd, gwelid Loli'n chwilio
am hen degis hyd y mynydd i wneud y dresel. Gwaith
bach iawn oedd gwneud y dresel. Dim ond gosod llechen
ar ddwy garreg wastad, a llechen gulach ar ddwy garreg lai
ar ben hynny wedyn, cael darnau llestri a dorrodd eich
mam ar hyd y flwyddyn wedyn, a dyna chwi'n iawn. Ond
cael y lle tân, dyna oedd y pysl. Bu'n meddwl ac yn
meddwl beth a gâi i wneud grât. Pan fyddai'n myfyrio fel
hyn deuai llais ei mam o rywle fel hyn: 'Cofia di am y seiat
nos 'fory, a gofala y byddi di'n medru d'adnod.'

Ond yr oedd gofal Loli am rywbeth hollol wahanol i
adnod.

Erbyn nos Fawrth dywedai Loli ei hadnod fel hyn: 'Canys pob un sydd yn dyfeisio sydd yn derbyn, a'r neb sydd yn chwilio sydd yn cael, ac i'r hwn sydd yn disgwyl y daw.'

Felly bu'n rhaid i Ddeian a hithau aros yn y tŷ i'w dysgu yn iawn y noson honno, gyda 'fflat warnin'' nad oedd yr un o'r ddau i fyned drwy'r llidiart. Modd bynnag, pan oedd Loli ar ganol dywedyd gair, â'i dau lygad ar y nenfwd, daeth rhywbeth i'w chof fel mellten. Cofio a wnaeth hi iddi weled darn o hen rât siamber wedi ei daflu i ryw hen fieri ar odre'r mynydd. I ffwrdd â hi allan fel mellten. Yr oedd Elin Jôs wrthi'n godro, a rhag iddi ei chlywed yn agor y llidiart neidiodd i'r cae, ac o'r cae dros ben y wal i'r mynydd. Yr oedd yn y mynydd cyn i Ddeian ganfod ei cholli. Ond dyma dwrw mawr – rwb, rwb, rwb – gwal yn syrthio – ac yna sgrech! Syrthiasai cerrig mawr o'r wal dros Loli, ond drwy drugaredd, llithrasent i lawr tu ôl i'w chefn, neu ni buasai yr un Loli i 'sgrifennu amdani eto. Lwc oedd i'r cerrig lithro tu ôl i'w chefn felly, ond fe frif-odd dipyn bach er hynny. Pan ganfu Elin Jôs nad oedd wedi brifo rhyw lawer, dywedodd: 'Dyna be sydd i' gael am fod yn anufudd.' Ni wn beth a ddywedasai Elin Jôs pe syrthiasai'r cerrig ar ben Loli a'i lladd.

Aeth Loli i'w gwely'r noson honno, wedi ei lladd ei hun yn crio, a chan deimlo bod pawb yn gas wrthi a phob dim yn myned yn ei herbyn. Digiasai hithau wrth bawb, hyd yn oed wrth y gath. Rhoddodd gic i honno wrth ei phasio ar ei ffordd i'w gwely. Ni ddywedodd ei phader y noson honno, a phenderfynodd ddianc i ffwrdd yn y bore. Er mwyn dial ei llid ar Ddeian dywedodd hynny wrtho.

'Gei di weld, 'y machan i, mi fydda i wedi denig i ffwr' bora fory,' ebe hi, rhwng ocheneidiau mawr o grio.

Codasai Deian o flaen Loli bore drannoeth, a chariasai'r haspan a'r ffender o'r tŷ, a'u gosod yn nhŷ bach Loli, pan oedd ei fam wrthi'n godro. Pan ddaeth Loli allan a gweled hynny aeth yn reit swil, a rhedodd yn ôl at erchwyn ei gwely i ddweud ei phader.

HELYNTION YSGOL

Yr oedd symud o'r ysgol fach i'r ysgol fawr yr un peth i Ddeian a Loli ag ydyw myned i'r coleg i ambell un. Gyda hyn o wahaniaeth, yr oedd arnynt hwy fwy o ofn nag a fu ar neb a aeth i'r coleg erioed. Tybient eu bod wedi dechrau byw o ddifrif yn awr – dim myned allan i chwarae yn y prynhawn, a myned adref am bedwar yn lle hanner awr wedi tri. Deuent adref yn y prynhawn dan lusgo'u traed, ac aent i'w gwely heb fawr o gynio arnynt. Ac O! yr oedd yn hwyr ganddynt weled dydd Sadwrn yn dyfod. Prin y gwelid hwy yn y tŷ o gwbl y diwrnod hwn, dim ond i nôl eu prydau bwyd, ac ni chymerent amser i eistedd gyda'r rheiny. Nos Sul dechreuai'r ddau synfyfyrio ac ocheneidio, a gofynnai Loli: 'Sawl noson raid inni gysgu eto tan ddydd Sadwrn?'

Deuai'r ateb oddi wrth Ddeian gyda'i gyflymder arferol i weithio syms.

Blinder mawr bywyd Loli yn yr ysgol oedd na allai wneud syms. Daethai i gynefino'n weddol â syms yr ysgol fach cyn dyfod oddi yno, ond dyma hen syms newydd eto yn yr ysgol fawr. Camp go lew i Loli oedd adio un golofn o ffigurau i fyny heb gyfrif ei bysedd. Ond adio dwy gol- ofn! Rhad arnynt! Ni chredai titsiar Standard I mewn dywedyd beth oedd enw'r pethau oedd i fod i'w hadio. Rhoddai lot o ffigurau o dan ei gilydd heb ddywedyd o gwbl beth oeddynt, ac nid oedd dim diddordeb, felly, i Loli yn y sym. Pe dywedai fod eisiau adio 26 o ddefaid at 34 o ddefaid buasai hynny'n rhyw symbyliad i wneud hynny; ond yr oedd adio 26 o ddim byd at 34 o ddim byd yn fwy nag a allai Loli ei ddychmygu. Rhoddai hynny awydd cryf ynddi am siarad efo'r eneth a eisteddai wrth ei hymyl, ac arweiniai hynny i gosb yn ddieithriad. Y gosb fwyaf cyffredin oedd myned i sefyll i'r gongl â'i hwyneb at y wal. Ni faliai Loli fawr am hynny os cedwid hi yno yn ystod y wers syms yn unig; ond pan na elwid hi'n ôl ar gyfer y wers ddarllen yr oedd hynny'n fwy nag a allai ei oddef, a dechreuai weiddi crio dros yr ysgol. Câi ddyfod yn ôl er mwyn i'r athro fedru myned ymlaen gyda'r wers. Ond yn aml iawn cariai Mr. Jones, y titsiar, y wers syms ymlaen i'r wers ddarllen, fel na cheid darllen o gwbl, a châi Loli fwy o gymaint â hynny o amser i fyfyrio ar symudiadau pryfed cop. Am un wythnos treuliodd gymaint o amser

yn y gongl, a threuliodd y plant eraill gymaint o amser yn gwneud syms, fel pan gafodd fyned i eistedd i lawr o'r diwedd iddi ei gweled ei hun fel petai mewn dosbarth newydd rywsut. Cynefinasai gymaint â'r pryfed cop yn y gongl. Pan aeth adref y diwrnod hwnnw dywedodd wrth ei mam: "Rydw i wedi cael fy symud i glàs arall.'

Edrychodd Elin Jôs braidd yn amheus, oblegid cyrhaeddai newyddion iddi weithiau nad oedd Loli'n 'dyfod ymlaen' cystal â Deian yn yr ysgol. Ac i feddwl Elin Jôs, ac i feddwl pob mam arall yn yr ardal honno, nid oedd ond un ystyr i symud. 'Symud i fyny' oedd hwnnw. Nid oedd ffasiwn beth yn bod â symud i lawr iddynt. Wedi ei 'hel yn ei ôl' i ddosbarth arall y byddai plentyn os symudid ef i lawr.

'Naddo 'rioed,' ebe Elin Jôs.

'Do wir,' ebe Loli, 'mi rydw i wedi cael fy symud o'r gongol i 'ista ar y ddesg.'

'Am be gyrrwyd chdi i'r gongol?' ebe'i mam.

'Am siarad,' ebe Loli.

Nid oedd gan Elin Jôs lawer o le i dafodi ar y pen yma, achos yr oedd hi'n hoff iawn o siarad ei hun. Ac am wneud syms, ni chafodd lawer o gyfle i adio dim i fyny, heblaw ei thrafferthion, erioed. Er hynny, methodd â pheidio dywedyd: 'Wel, rhaid iti beidio â siarad.'

Yr oedd hyn, hyd yn oed, yn ormod i Loli. Yr oedd yn hoff iawn o grio, fel yr ydych wedi dal sylw, ac yr oedd wedi treio crynhoi ei dagrau gymaint y diwrnod hwnnw fel y methodd â dal yn awr.

'Pe tasa chitha yn gorfod g'neud hen syms cas, mi f'asa chitha yn siarad hefyd. 'Does arna i ddim isio mynd i'r hen ysgol yna,' ebe hi gan roddi sgwd i'w bag i'r gongl, lle y cedwid ef hyd fore Llun. Ac aeth allan i synfyfyrio uwchben y cafn mochyn. I'r fan honno'r âi Loli bob amser pan fyddai mewn trybini. Byddai edrych ar y moch yn lliniaru tipyn ar ei theimladau. Cenfigennai a thosturiai wrthynt, a rhoddai hynny le iddi feddwl am rywbeth arall heblaw ei thrybini.

Erbyn hyn aethai y wers syms yn fwrn arni. Yr oedd y curo a'r gyrru i'r gongl wedi caledu ei hysbryd, ac ni threiai wneuthur dim. Rhoddodd Mr. Jones, y titsiar, hi i fyny'n 'bad job'. Am dipyn ni wnâi ddim ond tynnu darluniau ar ei llechen. Tynnodd lun Mr. Jones ar ei llechen ryw ddiwrnod fel hyn, ac ysgrifennodd wrtho –

TITSR.

Rŵan, pe na buasai Loli wedi ysgrifennu mewn llythrennau mor freision wrth ochr y llun ni thynasai sylw'r athro. Ond gwelodd hwnnw ef, ac wrth ei fod yn un croendenau iawn, ac yn methu â gweld dim byd yn ddigrif ynddo, anfonodd hi â'i llechen at yr ail feistr. Nid oedd y sgŵl yn yr ysgol.

'Wel, be sy'n bod?' ebe'r ail feistr.

Dangosodd Loli ei llechen. Gwenodd yr athro, ac ebe ef, dan rwbio'r darlun i ffwrdd: 'Ewch i'ch lle, mi rydwi'n rhy brysur rŵan; mi gewch dynnu fy llun i eto.'

Edrychodd Loli'n wirion. Dyna ddyn rhyfedd! Aeth i'w lle. Yn y wers ddarllen ni ofynnwyd iddi ddarllen o gwbl. Yr oedd hyn yn fwy o gosb na dim. Llanwodd ei llygaid â dagrau, ond fe wyddai hyd yn oed Loli pa bryd i'w gollwng a pha bryd i'w dal yn ôl. Nid oedd am ddangos i'r athro ei bod yn teimlo gymaint â hynny, na chwaith ddangos ei fod yn gwybod o'r diwedd sut i gael y llaw uchaf arni.

Yn y wers nesaf nid oedd neb a weithiodd yn galetach na Loli. Yn y wers ddarllen ar ôl hynny ni ddarllenodd neb yn well na Loli.

Ond er i Loli a'i hathro ddyfod i symol telerau â'i gilydd, rhyw wingo yn erbyn y symbylau yr oedd Loli o hyd. Er enghraifft, adeg cyfansoddi traethawd ni allai gael gan yr athro weled dim yn ei thraethawd hi. Traethawd ar lafar a gâi plant Standard I. Rhoddid testun, a byddai'n rhaid i bob un ddywedyd rhywbeth arno. Un diwrnod 'Y Gath' oedd y testun, a chyn i neb arall gael ei feddwl at ei gilydd, yr oedd llaw Loli allan fel bwled.

'O'r gorau,' ebe'r athro, 'dewch chi i'r llawr, Loli Jones.'

A daeth y geiriau hyn allan heb drafferth o gwbl:

'Cath wyf fi.' Chwarddodd y plant yn uchel. Bu raid galw am ddistawrwydd, a bygwth y gansen ar neb a feiddiai chwerthin wedyn. Rhoddwyd awgrym i Loli hefyd nad oedd i wneud ffŵl ohoni ei hun. Am y gweddill o'r bregeth gwenai llygaid y gynulleidfa, a'u geneuau wedi eu pletio.

'Cath wyf fi,' ebe hi drachefn, 'cath gloff. Un noson, pan oeddwn yn chwilio am lygod yn y beudy, euthum ar draws rhwbath, a daliodd hwnnw fi yno. Yr oeddwn mewn poen mawr, a fedrwn i ddim symud oddi yno. Yn y bora daeth hogyn bach y tŷ yno, a gwelodd fi, a rhedodd i'r tŷ dan weiddi: 'O Mami, mae Twm wedi mynd i'r trap llygod mawr, a fedar hi ddim dŵad o 'no.' Toc daeth y fam yno, a meddai hi, 'O 'mhwtan bach i, wedi bod yma trwy'r nos.' Mi ddaru minna fewian wedyn, i ddeud 'y mod i wedi bod. Mi tynnwyd fi o'r trap, ac mi roth yr hogan bach glwt am fy nghoes i, wedi i'w mam hi ei golchi. Gorfadd o flaen y tân y buom i trwy'r dydd wedyn, a 'nghoes i

68

yn brifo'n ofnatsan iawn. (Pwyslais neilltuol ar 'ofnatsan'.)
Ond yr oedd y plant yn ffeind iawn wrtha i. Mi fendiodd
'y nghoes i, ond cam ydi hi byth, ac yr ydw' i yn gorfod
neidio ar fy nhri-throed. Yr ydw' i yn falch iawn o un
peth. Yr ydw' i yn medru neidio dros y pric yr un fath o
hyd. Ond 'does dim oes hir imi, fel y bydd Jane Elis yn
deud. Hen wraig gloff ydi Jane Elis, a fel yna y bydd hi yn
deud o hyd, am 'i bod hi'n gloff, decini. Yr wyf wedi cael
bywyd go lew o hapus, er y bydd Mam (petrusodd Loli yn
y fan hon) – Elin, 'y mistras – yn deud mai bywyd sobor
ydi bywyd cath. Fel hyn y bydd hi'n deud: 'Cheiff cath
ond beth ddwgith hi, ac os dwgith hi rhwbath mi geith 'i
churo am 'neud hynny.' Felly, mi welwch fod yn rhaid imi
fyw yn aml ar ddŵr, ond 'rydw i wedi dwgyd lot o lefrith
yrioed. (Llyfodd Loli ei gwefusau yn y fan yma.) Ac mi
ro'dd o yn dda, yn well o lawar na'r peth fydda i'n gael ar
ôl godro nos a bora. Unwaith mi dorris jwg – wrth fethu
cael fy mhen allan – '

Ocheneidiodd yr athro yn y fan yma, a dywedodd ei
bod wedi dweud digon, heb ddweud dim am y gath.

'Rhyw symol iawn' oedd ei ddedfryd. Wedyn galwyd ar
Lisi Bryn Hermon, ac fel hyn yr aeth hi ymlaen:

'Mae gan gath ddwy glust, dau lygad, pedwar troed, a
thrwyn. Mae ganddi gôt gynnes amdani, ac mae yn dal
llygod. Mae ganddi winadd miniog iawn, ac efo'r rhain y
bydd yn dal llygod.'

'Da iawn,' ebe'r athro, ac wedyn galwyd ar Ddeian.

Rhywbeth yn debyg i Lisi a ddywedodd Deian, ond ei
fod wedi ychwanegu bod ei barf yn help i fyned i dwll y
llygoden, a bod arni ofn ci. Cafodd Deian 'Dda iawn'
yntau. Ni theimlai Loli fod peth fel hyn yn iawn o gwbl.
Fe wyddai pawb fod gan gath bedwar troed a dau lygad a
dwy glust a thrwyn. Ond ni wyddai neb hanes eu cath

hwy'n myned i'r trap, ac ni wyddai neb chwaith ei bod hi wedi dychmygu mai hi oedd y gath pan frifodd ei throed. Meddyliasai gymaint am hyn fel y bu hithau'n neidio ar ei huntroed hyd y tŷ am ddiwrnod. Ond wedyn, nid oes gan ditsiars ddirnad am bethau fel hyn.

Mi gofiodd y plant hanes y gath yn hir, a phan fyddai ar Mr. Jones eisiau ysgrifennu rhywbeth, ac eisiau i'r plant fod yn ddistaw, galwai ar Loli i'r llawr i ddywedyd hanes y gath. Câi ef berffaith ddistawrwydd, a châi'r plant hwyl, a châi Loli ddifyrrwch wrth wneud y stori'n hwy bob tro.

TYNNU LLUNIAU

GWNEIR bywyd rhai plant i fyny o helyntion a threialon yn union yr un fath â bywyd pobl mewn oed. Un o'r rhai hynny oedd Loli. Cyn iddi orffen dyfod allan o un helynt byddai mewn un arall. Ac o'i fodd neu o'i anfodd – weith-iau'r ddau – dygid Deian i mewn i'r helynt.

Un diwrnod daeth dyn tynnu lluniau i'r ysgol. Cawsai'r plant rybudd o'i ddyfodiad wythnos cyn hynny. Pan ddaeth y diwrnod yr oedd plant yr ardal yn gredyd i'r mamau, a gododd yn gynt, heb fyned i'w gwely yn eu hôl, y bore hwnnw. Disgleiriai eu hwynebau gymaint â gwad-nau eu clocsiau, ac y mae hynny'n ddywedyd go fawr. Fe wagiwyd llawer bocs oel gwallt y bore hwnnw, er na wag-iwyd llawer o blatiau bara ac ymenyn. Yr oedd y gwersi y

ceisiwyd eu rhoddi cyn i'r dyn tynnu lluniau gyrraedd yn debycach i ffair nag i wersi, ac yr oedd y dyn tynnu lluniau yn bwysicach dyn o lawer na'r sgŵl.

Fe gafodd Loli ddwy slap cyn iddo gyrraedd am geisio pasio neges i Meri Pen Lôn am eistedd yn ei hymyl hi i gael tynnu ei llun. Ond mi fedrwch ddal dwy slap yn well ar ddiwrnod tynnu lluniau nag ar ryw ddiwrnod arall. Ni wnaiff crio lawer o les i'ch wyneb chwi ar ddiwrnod felly. Pan ddaeth y dyn fe aeth yr holl ysgol allan i'r iard, a chymerwyd y dosbarthiadau yn eu trefn, ond bod rhai o'r un teulu i fyned gyda'i gilydd. Felly, bu'n rhaid i Meri Pen

Lôn fyned gyda'i brawd llai i ddosbarth is. Mynnai Loli fyned gyda hi, ond ni châi, wrth gwrs, oblegid buasai'n rhaid i Wil a Thwm a Deian fyned gyda hwynt, ac yr oedd y dosbarth yn fawr eisoes.

Sorrodd Loli. Rhoesai ei bryd ar gael tynnu ei llun wrth ochr Meri Pen Lôn. Hi oedd ei ffrind yn yr ysgol rŵan. Felly aeth i mewn i'r ysgol i geisio bwrw ei siom ymaith. Pan aeth i mewn yno daeth cynllun i'w meddwl. Eithr nid oedd am weithio'r cynllun ei hunan; rhedodd i'r iard i nôl Deian a rhai o'r plant eraill. Cyn cymryd amser i egluro ei bwriad iddynt yr oedd wedi medru eu perswadio i roddi hwb iddi i ben y ffenestr. Edrychai'r ffenestr hon i lawr uwchben y gongl lle y tynnid y lluniau. Gorffenasai'r dyn ffwdanu erbyn hyn, a chawsai bob llygad i hoelio ar y twll lle y disgwylid yr aderyn bach allan ohono. Yr oedd pob man yn ddistaw, a phob wyneb mewn ystum tynnu llun, ac yn edrych fel petai hwnnw'r diwrnod olaf iddo ar y ddaear. Daeth rhyw chwerthin ar galon Loli wrth weled y plant yn edrych felly i lawr odani. Heb feddwl am eiliad arall, gwlychodd ei bys yn ei genau, a rhwbiodd y gwydr ag ef. Fe wyddoch am y miwsig aflafar a wnaiff hynny, ac, wrth gwrs, edrychodd pob plentyn yn y gongl i fyny, a thynnodd y dyn y caead i ffwrdd pan oedd pawb yn y weithred o edrych i fyny. Ni allaf fi ddisgrifio'r olwg oedd ar wyneb y dyn nac ar wyneb y sgŵl. Yn lle aros i ofyn oedd gan y dyn blât i dynnu llun arall, rhedodd y sgŵl mewn i'r ysgol a chymysgodd y plant â'i gilydd. Y peth cyntaf a ddaeth i feddwl Loli wedi gweled wyneb y sgŵl oedd rhedeg, a chan ei bod ar ben y ddesg yn barod, rhedodd ar hyd pennau'r desgiau. Wrth weled yr olwg ar wyneb y sgŵl meddyliodd Deian y buasai'n well iddo yntau redeg ar ôl Loli i geisio ei hamddiffyn. Ac felly y buont yn rhedeg am dipyn, a'r poteli inc yn neidio ac yn syrthio.

Fe flinodd y tri â rhedeg toc, a stopiasant, wedi colli eu hanadl ymron. Gwnaeth y sgŵl yr unig beth a allai dyn wedi colli cymaint arno ei hun ei wneud, sef myned allan. Ni bu fawr hwyl ar dynnu llun y gweddill, ac ni ellid tynnu'r dosbarth a drodd ei olwg i fyny wedyn, oblegid ni ddaethai'r tynnwr â dim ond ffit o blatiau. Daeth Loli allan o'r helynt hwn yn well na'r disgwyl, ond ni pheidiodd y sgŵl byth ag edliw iddi rwystro un dosbarth gael tynnu ei lun, a bu'n rhaid iddo yntau wynebu storm o wynebau rhieni a ddaeth i ofyn y rheswm dros hynny.

Trwy'r haf arferai'r plant ruthro drwy eu brechdan ginio er mwyn cael myned allan am dro. Bu cystadleuaeth ganddynt unwaith fyned am y pellaf a bod yn yr ysgol mewn pryd. Golygai hyn fwyta'r frechdan mewn rhyw bum munud, a chwysu llawer wedyn. Un diwrnod cychwynnodd dau griw, a chan feddwl bod ganddynt ddigon o amser, aeth un criw ymhellach nag arfer. Troesant yn eu holau pan feddyliasant ei bod yn bryd iddynt. Wedi cerdded yn ôl beth ffordd gwelsant y criw arall wedi stopio i'w disgwyl. Gwelsai un ohonynt 'genau coeg gwirion' ar y ffordd, ac er na wyddai'r gweddill o'r criw beth oedd y creadur hwnnw, yr oedd arnynt ormod o ofn pasio'r ffordd honno. Pan glywodd yr ail griw hyn yr oedd arnynt hwythau ofn pasio, ac yno y buont yn sefyll, a'r amser yn myned. O'r diwedd mentrodd Huw'r Felin fyned yn ei flaen i edrych a oedd y 'cenau coeg gwirion' yno o hyd. Ni welodd na siw na miw ohono, ac aeth pawb yn ei flaen â'i wynt yn ei ddwrn wrth feddwl am y gosb. Dywedodd John Jôs, y malwr cerrig, wrthynt mai 'newydd ganu' oedd y gloch, a chymerasant hwythau yn fwy araf deg wedyn. Ond hen ŵr, hen, hen, oedd John Jôs, â'i glyw yn

drwm, ac y mae'n ddiamau ei fod yn clywed y gloch ym-
hell ar ôl iddi orffen canu. Modd bynnag, erbyn iddynt
gyrraedd yr ysgol yr oeddynt dri chwarter awr ar ôl, un
wers wedi myned heibio, a'r sgŵl yn cerdded yn ôl ac ym-
laen o'r ysgol i'r drws, fel dyn lloerig. Nid oes angen
dywedyd iddynt gael slap i gyd, a phregeth, ac nid oes
angen dywedyd chwaith bod Deian a Loli yn eu mysg.
Cadwyd hwynt i mewn hyd bump y prynhawn hwnnw –
peth digon cyffredin i rai ohonynt. Ond nid am hynyna y
bwriadwn sôn. Rhoddodd y sgŵl siars y diwrnod hwnnw
nad oedd yr un plentyn a fwytâi ei ginio yn yr ysgol i fyned
trwy'r llidiart o gwbl. Am rai wythnosau cerddai'r ystafell
lle y bwytaent bob rhyw ddeng munud yn ystod yr awr
ginio i weled eu bod yn ufuddhau. Ond fe flinodd wneuth-
ur hyn, neu fe anghofiodd, ac fe flinodd rhai plant ufudd-
hau, neu fe anghofiasant wneuthur hynny.

A'r rhai cyntaf i anghofio oedd Meri Pen Lôn a Loli.
Adeg mwyar duon oedd hi, ac yr oedd lle iawn am fwyar
duon a chnau o fewn rhyw hanner milltir i'r ysgol. Aeth y
ddwy yno gyda'r bwriad o hel mwyar duon i fyned adref
i'w mam, ac aethant â'r papur oedd yn dal eu bwyd gyda
hwynt i'r amcan hwnnw. Modd bynnag, dechreuasant
fwyta tipyn o'r mwyar duon, gan addo peidio â bwyta dim
ond hynny o hyd. Ond po fwyaf a fwytaent mwyaf yn y
byd oedd eu hawydd am fwyta rhagor; a hel a bwyta,
bwyta a hel y buont yr holl amser, heb gyfrif yr amser. Yr
oeddent yng nghanol 'catch' o fwyar duon mawr, aeddfed,
pan ddisgynnodd cloch yr ysgol ar eu clyw. Ac o bopeth
ofnadwy, clywed cloch yr ysgol o bell ffordd, pan
wyddoch y dylech fod yn nes ati, yw'r peth mwyaf ofn-
adwy. Trodd calon y ddwy o'u mewn. Cofiasant am
fygwth y sgŵl. Yr oedd yn rhaid rhedeg hynny a fedrent i
fod dim ond ychydig yn hwyr. Ond byddent ar ôl, waeth

faint a redent. A gwaeth na'r cwbl, yr oedd yn brynhawn gwnïo! Dyma'r munud cyntaf iddynt gofio hynny. Yr oedd un cysur yn y ffaith ei bod yn brynhawn gwnïo: ni welent y sgŵl, oblegid yr oedd yr ystafell lle y caent wnïo wrth ymyl y drws, ac nid oedd rhaid iddynt basio trwy ystafell y sgŵl. Felly gwelent obaith osgoi cosb y tro hwn. Rhag i'r wniadreg (gwniadreg o'r pentref a ddeuai i ddysgu gwnïo i'r ysgol) weld bod eu dwylo yn ddu gan sug mwyar duon, cerddasant i mewn i'r ysgol â'u dwylo ymhleth. Ni chymerodd y wniadreg lawer o sylw ohonynt. Ond fe dduodd ar y ddwy pan aethant i'w llefydd. Meddyliasent mai gweu a gaent y prynhawn hwnnw. Yn lle hynny, cawsant y cas gobennydd gwyn a wnaent erbyn ymweliad yr 'inspector'. Yr oedd holl waeau dydd barn uwch eu pennau os caent smotyn o faw ar y cas gobennydd cyn i'r 'inspector' ymweled â'r ysgol. Nid oedd o fawr wahaniaeth wedyn.

Nid oedd wiw iddynt ofyn am fyned allan i olchi eu dwylo. Byddai'n rhaid iddynt fyned i'r afon i gae Hen Gae i wneud hynny. Felly, nid oedd dim i'w wneud ond myned ymlaen â'r gwnïo gyda'r dwylo oedd ganddynt. Gellwch ddirnad y canlyniadau. Aeth y sug oddi ar eu dwylo hyd y cas gobennydd, a daeth y wniadreg i wybod hynny yn bur fuan. Bu raid i'r ddwy fyned at y sgŵl â'u gwaith efo hwynt. Collodd hwnnw bob llywodraeth arno'i hun. Digwyddai fod yn yr ystafell lle'r oedd dosbarth Deian yn dysgu arlunio. Neidiodd calon Deian i'w wddf pan welodd wyneb yr ysgolfeistr. Wedi i'r gansen ddyfod i lawr unwaith ar law Loli, a chyn iddi ddyfod i lawr wedyn, neidiodd Deian i'r llawr, a chaeodd ei ddyrnau o flaen y sgŵl, ond nid oedd yn 'weledig yma' (chwedl Almanac Robert Roberts, Caergybi) i'r sgŵl, a syrthiodd y gansen eilwaith ar law Loli. Criodd y ddau ei hochr hi, a soniodd Deian rywbeth am ei dad, ond yr oedd y sgŵl yn rhy ddall ac yn rhy fyddar i wrando. Cyn i Loli adael yr ysgol y prynhawn hwnnw chwyddasai ei braich at ei phenelin, ond nid oedd dim ôl slap ar law Meri Pen Lôn.

GWELEDIGAETHAU LOLI

NI waeth faint o bres gaiff rhai pobl, na rhai plant chwaith, ni bydd dim o'u hôl arnynt. Yr un fath am slap; ni waeth faint o slapiau a gaiff rhai plant, ni bydd dim o'u hôl arnynt. Un o'r rhai hynny oedd Meri Pen Lôn. Petai hi'n cael hanner dwsin o slapiau ni byddai dim ôl ar ei llaw. Oherwydd hynny ni châi gŵyn gan neb ar ôl cael slap. Ac yr oedd hithau, ymhen amser, wedi myned cyn galeted â'i llaw. Ond am Loli, gwnâi ychydig iawn o guro ei ôl ar ei llaw hi, a gwnaeth dwy slap fel y rhai a gafodd am faeddu ei gwaith gwnïo ôl mawr arni. Yr oedd yno helynt mawr ym Mwlch y Gwynt erbyn i Elis Jôs ddyfod o'r chwarel y noson honno. Elin Jôs a'r plant hynaf yn bygwth y sgŵl, a Loli yn crio. Ond mi dawelodd pethau wedi i Elis Jôs ddyfod adref. Dyn distaw oedd o, ac nid oedd byth yn hoffi helynt. Y noson honno daeth y sgŵl i fyny i Fwlch y Gwynt, fel o'r blaen. Ond fe wyddai pawb beth oedd ei amcan y noson hon. Cyfarfu Elis Jôs ag ef tua'r beudy, a bu yno siarad lled ddifrifol. Ni ddaeth y sgŵl i'r tŷ, ac efallai mai gwell oedd hynny pan gofiwn am allu Elis Jôs i drin pobl. Bu yno siarad pur ddifrifol rhwng Loli a'i thad y noson honno hefyd. Ac yr oedd Loli a'r sgŵl yr un fath mewn un peth – addawodd y ddau wella yn y dyfodol.

Ond yr oedd yna ochr arall i'r sgŵl. Gallai fod yn reit glên weithiau. Dywedai pobl y pentref ei fod yn byw er mwyn yr ysgol, beth bynnag ydyw ystyr hynny. A churo'r plant er mwyn cael yr ysgol yn well yr oedd o, meddai rhai. Addefai pawb nad oedd ei well am ddysgu geograffi; a fo a ddysgai'r ysgol i gyd ymron yn y pwnc hwnnw, am ei fod fel rhyw hobi ganddo. Yr oedd ei glywed yn sôn am y gwledydd pell yn gwneud i'r plant deimlo iddo fod rywdro yn llongwr. Mi fuasai yn werth chweil i chwi ei glywed yn sôn am yr India, a Rwsia, a'r ffordd yna, fel petai o'n sôn am bobl y drws nesaf.

Sefyll y byddai'r plant i gael eu dysgu yn y rhan fwyaf o'r gwersi y pryd hwnnw – sefyll yn gylch, a hwnnw fyddai'n medru ateb cwestiynau yn pasio i fyny i dop y dosbarth. Dysgid y rhan fwyaf o'r gwersi geograffi mewn ystafell a elwid gan y plant yn 'glasdrwm', ac yr oedd grisiau ynddi fel y gwelsoch chwi mewn galeri capel.

Os byddai rhywbeth go anodd i'w ddeall yn y wers fe fyddai'r sgŵl yn siŵr o ddyfeisio rhyw sgìl i'w egluro. Peth reit anodd i'w ddeall yw paham yr ydym yn cael gwanwyn a haf, a hydref a gaeaf. Ond beth a wnâi'r sgŵl ond gwneud i'r plentyn a fyddai ar dop y dosbarth sefyll yng nghanol y llawr, a dal het y sgŵl yn ei law. (Ni byddai byth yn myned o gwmpas heb ei het ar ei wegil.) Ei het ef a gynrychiolai'r haul. Gan mai Deian a fyddai amlaf yn nhop y dosbarth efe a gâi'r fraint o ddal yr het, neu yr haul. Wedyn cymerai'r sgŵl y belen ddaear, a dechreuai gerdded o gwmpas yr haul, gan beri i'r plant ei ddilyn. Ni welai mo'r plant a fyddai'n union y tu ôl iddo, felly, dim ond y rhai a fyddai gyferbyn ag ef. Ni byddai'n dal llawer o sylw ar yr haul chwaith. Dyna lle byddai'r plant, drwy fod ganddynt glocsiau, neu esgidiau go drwm, yn baglu ar draws y grisiau neu ar draws y desgiau. Ni chlywsoch ffasiwn dwrw erioed yn eich bywyd. Pe gwnâi'r ddaear gymaint â hynny o dwrw wrth fynd o gwmpas yr haul buasai pawb yn fyddariaid. Ceisiai'r sgŵl egluro wrth gerdded. Rhoddai Deian yr het am ei ben, a chyrhaeddai honno tu isa i'w drwyn; wedyn fe chwarddai rhywun yn uchel, a châi rhyw bedwar o'r rhai nesaf at y sgŵl slaes ar draws eu coesau efo'r gansen a ddaliai yn ei law chwith.

Weithiau âi â hwy i'r iard, a gwneud cylch efo'r sialc, a byddai gwell lle yn y fan honno i'r ddaear fyned o amgylch yr haul.

Yn yr ardal honno yr oedd hen olion Rhufeinig. Fe wyddoch i gyd i filwyr Rhufain fod yn y wlad yma cyn amser Iesu Grist. Gelwir y lle y bydd milwyr yn aros ynddo yn wersyll. Wel, mae'n debyg bod yno hen wersyll mawr heb fod ymhell o gartref Deian a Loli, a chwarae teg i'r sgŵl, ni bu'n fyr o ddywedyd wrth y plant fel y byddai'r hen Rufeiniaid yma yn aros yn y cae heb fod yn bell iawn o'r ysgol, ac yn gwylio am arwyddion oddi wrth Rufeiniaid eraill o Gaer Saint. Yr oedd y plant wedi eu syfrdanu. Ni feddyliasent erioed fod y fath beth yn bosibl pan aent y ffordd honno i hel cnau a mwyar duon. Ac addawodd y sgŵl fyned â'r dosbarth am dro i weled yr olion ryw ddiwrnod. Yn y fan yma eto daeth doniolwch y sgŵl i'r golwg. Fe ddewisodd y diwrnod oeraf yn y gaeaf i fyned i'w weled. Yr oedd yn rhaid i bawb yr oedd ganddo dopcôt ei botymu at ei wddf. Âi y rhewynt trwy ddillad pawb. Ond pa waeth? Caent yr hyn na chawsent mohono erioed o'r blaen – myned am dro o'r ysgol, a chael martsio drwy'r pentref yn ddau a dau. Yr oedd yr holl ferched allan yn y drysau. 'Ylwch Wili ni,' ebe un, a Wili Tŷ Coch yn cochi at ei glustiau ac yn deisyfu ynddo'i hun ar i'w fam fyned i'r tŷ. Bydd pob hogyn ysgol wrth fartsio efo'i ddosbarth yn licio i fam pawb ei weled ond ei fam ei hun. Câi Deian a Loli y fantais honno, oblegid yr oedd Bwlch y Gwynt ymhell iawn o'r pentref. Modd bynnag, wedi dyfod at y gwersyll nid oedd yno ddim ond tipyn o gerrig yn codi o'r ddaear yma ac acw, a'r un faint o ffordd rhwng pob dwy. A wedyn cylch arall yr un fath o gwmpas y cylch cyntaf. Syrthiodd wyneb pawb. Gosodwyd y plant i sefyll yn y bylchau rhwng y cerrig, ac yr oedd mor oer nes bod dannedd pawb yn clecian, a'r sgŵl yn dal i egluro.

'Tydw i ddim yn credu bod yna Rufeiniwr yrioed wedi

bod â'i draed ffordd yma,' ebe Huw'r Felin.

'Na finna,' ebe Deian.

'Do wir,' ebe Loli, 'mi welis i'u hysbrydion nhw y noson honno y collodd Meri Pen Lôn a finna'r ffordd wedi bod yn negas.'

Yr wythnos wedyn bu'n rhaid iddynt ysgrifennu traethawd yn yr ysgol ar hanes eu hymweliad â'r gwersyll. Nid oedd gan neb fawr iawn i'w ddywedyd. Sôn am y tywydd a wnaeth llawer.

'Mi roedd hi'n rhy oer inni fedru gweled llawer,' ebe Huw'r Felin, fel petai'r oerni yn ei ddallu. Ond am Loli, fe ysgrifennodd hi lawer iawn.

'Ryw dro,' ebe hi, 'yr oedd lot o soldiwrs Rhufain yn byw yn ymyl ein hysgol ni, yng nghae yr Hafod. Yr oeddynt yn byw mewn tŷ crwn, tu mewn i dŷ crwn arall, fel na fedra neb fynd atyn nhw. Yr oeddynt yn medru saethu i Gaer Saint yn solat, ac yr oedd y soldiwrs yng Nghaer Saint yn medru saethu atyn nhwtha. Yr oeddynt yn martsio rownd y cae bob dydd. Nid oeddynt byth yn mynd adre. Yr oedd eu hadre yn bell iawn, ac mi fyddai rhai ohonynt yn marw yn y lle yma, ac yn cael eu claddu yma. Mae eu beddau yma o hyd. Dyna ydi'r cerrig sydd yng nghae yr Hafod. Mi fydd eu hysbrydion yn cerdded o gwmpas y caeau yma pan fydd y lleuad yn llawn. Mi gwelodd Meri a fi nhw rhyw noson pan oeddan ni'n mynd adref yn hwyr.'

Fel y gwelwch chi, ni ddywedai Loli bethau yn iawn, fel y clywodd hwynt. Yr oedd pob dim bron yn 'wrong' ganddi. Daeth y sgŵl o gwmpas i weled y traethodau, yn fwy o ran hwyl na dim arall. Pan ddarllenodd un Loli crychodd ei dalcen, a gwaeddodd ar Laura Jones i'r llawr. Holodd hi'n fanwl ynghylch yr ysbrydion. 'Ydach chi'n

siŵr eich bod wedi eu gweld?' ebe fe.

'Ydw,' ebe Loli yn bendant. ''Roedd Meri Pen Lôn a
finna wedi bod yn negas, ac wedi colli'r ffordd wrth fynd
adra ryw noson, a mi welson sowldiwrs, fel oeddach chi'n
deud, yn gwisgo dillad llac amdanyn'.'

'Ydach chi'n siŵr?' ebe'r holwr wedyn.

'Ydw,' ebe Loli, yr un mor bendant.

Gwrandawai'r dosbarth ar yr holi yma i gyd yn astud, a chwarddai'r plant, yn enwedig yr hogiau.

Galwyd ar Meri Pen Lôn wedyn, a dywedai hithau ei bod wedi gweled rhywbeth y noson honno, ond bod arni hi ormod o ofn i edrych, a'i bod wedi rhedeg nerth ei thraed adref, ond bod Loli wedi sefyll am hir iawn i edrych arnynt. Yna dywedodd y sgŵl ei fod yn beth rhyfedd iawn. Mewn llyfr o'r enw *Cymru Fu* yr oedd hanes y gwersyll y buont hwy yn ei weled y diwrnod o'r blaen, a dywedai'r stori honno bod ysbrydion y milwyr Rhufeinig i'w gweled yn martsio hyd y cae yn y nos, pan fyddai'r lleuad yn llawn.

'Ydach chi wedi darllen y stori yna?' ebe fe wrth Loli.

'Naddo,' ebe Loli.

'Ydi'r llyfr yna gin ych tad?' ebe'r sgŵl.

''Dwn i ddim,' ebe Loli, 'ond wyddwn i ddim am soldiwrs Rhufain nes i chi ddeud wrthon ni, syr.'

'Rhyfedd iawn,' ebe'r sgŵl ac aeth allan dan feddwl yn ddwfn iawn.

Ar y ffordd adref o'r ysgol y noson honno bu tipyn o bryfocio ar Loli a Meri Pen Lôn. Gwaeddai'r hogiau enwau ar eu holau, ac yr oedd Deian yn y sefyllfa anghysurus honno o fethu gwybod beth i'w wneud. Yr oedd arno gywilydd o Loli am ei bod yn credu'r fath lol, ac eto nid oedd yn fodlon bod yr hogiau yn galw enwau ar ôl ei chwaer. Felly cerddodd yn y canol rhyngddynt. Y gwaethaf am bryfocio oedd Huw'r Felin; ond ni waeth i chwi hynny na mwy, fe gyfaddefodd Huw wrth Deian ar ôl hynny bod arno ofn pasio cae yr Hafod wrtho ei hun ar ôl iddi dywyllu.

Y BARCUD

UN mis Awst fe wnaeth ystormydd mawr o wynt, ac yr oedd y plant wrthi'n chwarae barcud yn gynt nag arfer y flwyddyn honno. Mis Medi a Hydref y byddent wrthi fel rheol. Yr oedd Twm a Wil yn hen ddwylo ar wneuthur barcud, ond nid felly Deian. Twm neu Wil a wnâi farcud iddo ef, neu i fod yn gywir, cael y fraint o edrych ar un Twm a Wil yn esgyn i'r awyr a gâi ef fynychaf. Y tro hwn bu Deian wrthi'n crefu gan Wil a Thwm wneuthur barcud iddo am ddyddiau. Ond ni thyciai dim. Yr oedd y ddau'n rhy brysur wrthi'n ceisio gyrru eu rhai eu hunain i fyny. Ac nid oedd llawer o gamp ar eu rhai hwy chwaith. Disgynnent ar eu pennau o hyd, heb fyned i fyny fawr. Nid ar y gwynt yr oedd y bai, achos âi rhai bechgyn eraill y fro i fyny'n iawn.

'Mi wna i farcud fy hun,' ebe Deian.

'Mi helpa i di,' ebe Loli.

'Ol reit,' ebe Deian, 'mi awn ni i Dwyn Cyll i chwilio am wiail.'

Ac felly y bu. Mi feddyliodd Elin Jôs y buasent yn hel tipyn o briciau iddi hi. Ond fe'i siomwyd. Un o'r adegau casaf ar y flwyddyn oedd adeg chwarae barcud i Elin Jôs. Ni fedrai byth roddi ei llaw ar damed o linyn i lapio parsel, nac ar gadach tynnu llwch. A pho fwyaf o gadachau tynnu llwch newydd a wnâi hi, cyntaf yn y byd y diflannent. Byddent wedi diflannu cyn y medrech gyfri dau. Dyma'r adeg ar y flwyddyn y cerddai'r plant i'r tŷ ar flaenau eu traed fel petai arnynt ofn maeddu'r llawr. I bobl ddieithr edrychent yn blant gofalus a meddylgar iawn. Ond fe wyddai Elin Jôs ystyr y cerdded ar flaenau traed, ond ei bod yn rhy brysur i fyned ar ôl ei ystyr bob amser. Ac nid oedd hithau, mwy na mam neb arall, yn holl bresennol.

Wedi dyfod yn ôl o Dwyn y Cyll nid oedd gan Ddeian lawer o syniad sut i ddechrau'r barcud. Gwyddai y byddai gan y bechgyn bast, a dau bren croes a llarp o bapur llwyd, heblaw y gwiail. Gwyddent fod blawd yn gwneuthur past, ond ni wyddent sut. Ni ddeuai milltiroedd o gerdded ar flaenau eu traed â'r wybodaeth honno iddynt. Ac nid oeddynt am ofyn i Twm a Wil, beth bynnag. Felly, nid oedd dim i'w wneud ond gofyn i'w mam eu helpu. Nid oedd hithau'n rhyw fodlon i ddechrau, ond pan ddechreuodd Deian wneud sŵn crio, a dywedyd bod gan bawb farcud ond y fo, fe roddodd Elin Jôs i mewn, dan rwgnach bid sicr.

'Dyma fo,' ebe hi, 'y blawd ddyla wneud bara i chi yn mynd i wneud barcud, a'ch tad yn gweithio'n galed yn nannadd y creigia. Mi fyddwn yn y wyrcws gyda hyn.'

Bu agos i hyn wneuthur iddynt ildio, yn enwedig Loli. Dychrynai wrth glywed sôn am y wyrcws. Ond fe gofiodd wedyn y byddai teulu pob plentyn yn yr ardal yn y wyrcws, os gyrrai gwneuthur barcud hwynt yno.

Fe wnaed y past, ac fe ddododd Elin Jôs ddwy ystyllen fain, denau, yn groes. Ond bu raid iddi ei adael yn y fan honno, gan fod y gwaith yn galw, a gadawyd i Ddeian a Loli ei orffen eu hunain. Mewn gwirionedd ysent am gael ei wneuthur eu hunain wedi cael y past, oblegid yr oedd Deian bron yn sicr na roddai ei fam y ddau bren croes yn iawn. Nid oedd un pren yn gorwedd yn hollol ar ganol y llall. Bu raid iddo gael ei ail-roi. Bu wrthi'n ddyfal nes oedd yn amser i'w dad ddyfod adref o'r chwarel, a Loli yn ei wylio.

'Rŵan, dos di i chwilio am ddeunydd cynffon iddo,' ebe fe wrth Loli, fel dyn yn gweled y diwedd yn ymyl.

A dechreuodd y cerdded ar flaenau traed yma wedyn. Yr oedd Elin Jôs wrthi'n brysur yn paratoi swper chwarel.

O'r diwedd yr oedd yn barod. A phan agorodd Elis Jôs
y llidiart wrth ddyfod adref o'r chwarel deuai Deian a Loli
allan o'r beudy gyda'r barcud. Deian yn gafael yn ofalus yn
ei fôn, ac yn y belen linyn, a Loli yn cario ei gynffon, fel y
bydd merch gŵr bonheddig yn myned i'w phriodi.

'Ylwch be sy gynnon ni, 'Nhad,' ebe Loli.

'Pwy 'nath hwnna?' ebe'u tad.

'Deian,' ebe Loli.

'A Loli 'nath y gynffon,' ebe Deian.

Edrychodd Elis Jôs ar y gynffon, a gwelodd rywbeth
tebyg iawn i'r hances boced goch oedd yn ei boced, ond
aeth yn ei flaen i'r tŷ.

Wedi myned allan i oleuni iawn sylwodd Loli bod rhywbeth ar ôl ar y barcud.

''Does gynno fo ddim trwyn na llygad,' ebe hi wrth Ddeian.

'Tw, waeth heb,' ebe Deian, 'mi eith i fyny'r un fath. Mi fydd wedi twllu os na frysiwn ni.'

'Na, fydd o ddim gwerth heb drwyn a llygada,' ebe Loli. 'Fydd waeth iddo fo heb ag ysgwyd 'i gynffon felly ddim.'

Dyma'r swyn mwyaf oedd i Loli mewn barcud. Nid oedd ei weled yn myned yn uwch ac yn uwch i'r awyr, nes myned o'r golwg bron, yn ddim yn ei golwg hi wrth ei weled yn edrych i lawr arnoch o'r awyr efo dau lygad, ac yn gwenu arnoch dan ysgwyd ei gynffon. Yr oedd rhywbeth yn debyg i Gel ynddo'r pryd hynny, pan fyddai arno eisiau tamed. Ei gael i fyned i fyny yn uchel, yn uwch nag un neb arall, oedd peth Deian.

Modd bynnag, rhoddodd i mewn i'w chwaer y tro hwn eto, ac aeth Loli i chwilio am hen dun paent a brws. Ni bu fawr o dro yn gwneuthur rhywbeth tebyg i lun yr athro yn yr ysgol ar y papur llwyd.

Wedyn, dyma gychwyn i'r cae i'w ollwng. Myned drwy'r cae taenu dillad, ac yn eu mawr awydd anghofio cau'r adwy. Wedyn sefyll ar ben y wal, a hwb iddo i fyny. Cychwynnodd yn iawn, ond wedi myned dipyn rhoddai'r pen dro, a deuai i lawr i'r ddaear fel bwled.

'Rhaid imi gael rhywbeth trymach wrth 'i gynffon o,' ebe Deian.

A rhedodd Loli at y tŷ i chwilio am rywbeth arall. Daeth yn ei hôl yn bur sydyn, a chymaint oedd cyffro Deian fel na sylwodd yn ofalus iawn beth oedd defnydd yr ychwanegiad yma yn y gynffon.

A'r tro nesaf aeth i fyny fel barcud. Gollyngai Deian y llinyn fesul tipyn, ac i fyny'n uwch ac yn uwch yr âi yntau

o hyd. Wedyn bu raid iddynt gerdded tipyn ar ei ôl,
oblegid âi yn bellach draw o hyd, nes dyfod o'r diwedd i'r
mynydd.

'Biti na f'asa Twm a Wil yn 'i weld o,' ebe Loli.

'Ia,' ebe Deian. Ond yr oedd yn rhy gyffrous i siarad
llawer. Neidiai ei galon wrth weled y barcud yn myned yn
uwch ac yn uwch o hyd. Ymhen tipyn daeth i lawr, yn araf
i ddechrau, ac yna'n fwy sydyn, a methai Deian â thynhau
y llinyn am y pric yn ddigon cyflym. O'r diwedd, dyma fo
i lawr fel ergyd, ac i mewn i ryw hen gorlan oedd ar y myn-
ydd. Clywodd y ddau ryw sŵn symud yn y gorlan, ac yr
oedd arnynt braidd ofn myned i mewn. Aethant i mewn ar
flaenau eu traed fel pe'n disgwyl gweled – wel, ni wyddent
yn iawn beth i'w ddisgwyl; a dyna lle'r oedd y barcud wedi
syrthio'n daclus ar ben rhyw fyharen, a chyrn hwnnw wedi
myned drwyddo. Yr oedd yn olygfa mor ddigri fel y meth-

odd Loli â dal heb chwerthin, ond yr oedd Deian yn filain iawn wrthi am wneud hynny.

'Dyna fo wedi dyfetha rŵan, cyn i Twm a Wil 'i weld o,' ebe fe.

'Na, 'does dim eisio dim ond rhoi wyneb newydd iddo fo,' ebe Loli, a thynnodd y barcud i ffwrdd oddi ar ben yr hwrdd. Nid oedd llawer o waith tynnu arno, oblegid ysgydwasai hwnnw ei ben yn ôl ac ymlaen gymaint, fel mai un twll oedd yn wyneb y barcud erbyn hyn. Yr oedd yn rhy hwyr i'w drwsio'r noson honno.

Bore drannoeth deffrowyd Loli gan sŵn siarad. Elis Jôs yn methu canfod ei gap.

'Wel, mi hongis i fy nghap ar yr hoelen, fel arfar,' ebe Elis Jôs.

'Beidiodd y plant yna â chael gafael arno i roi wrth gynffon y barcud?' ebe Elin Jôs.

Y GROESFFORDD A'R GWAHANU

RHAID neidio dros lawer o hanes Deian a Loli yn awr, a hynny am y rheswm nad oes dim llawer o ddim neilltuol i'w ddywedyd amdanynt, heblaw eu bod yn myned i'r ysgol o hyd, ac yn dal i wneud drygau – Loli'n enwedig.

Y peth mawr ar ddiwedd eu bywyd yn yr ysgol ydoedd eu bod yn myned i gynnig am ysgoloriaeth i ysgol y sir. Yr oedd nifer o'r chweched safon, â Deian a Loli yn eu mysg, wedi eu dewis i gynnig, a châi y rhai hyn wersi neilltuol ar gyfer hynny. Ni wn paham y dewiswyd Loli, oherwydd dywedai Mr. Davies, yr athro, wrthi beunydd mai breuddwydio oedd y peth gorau y gallai ei wneud. Ac am syms, yr oedd Loli'n anobeithiol, meddai ef. Mae'n debyg mai am fod Deian yn y dosbarth y dewiswyd Loli, oblegid yr oedd yn amhosibl gweled yr un o'r ddau'n myned i unman, hyd yn oed i gynnig ysgoloriaeth, heb y llall. Yr oedd yn rhaid i Mr. Davies gydnabod, er hynny, y gallai Loli ysgrifennu traethawd da iawn, hyd yn oed os byddai ei ffeithiau'n anghywir weithiau. Yr oedd Deian yn awyddus iawn am gael myned i'r ysgol sir, oblegid nid âi byth i'r chwarel, meddai ef. Buasai yn y chwarel unwaith, a bu'n crio drwy ei hun drwy'r noson honno am ei fod yn ei weled ei hun yn syrthio i dwll y chwarel, meddai ef. A dyna'r diwrnod hwnnw, wedyn, pan chwaraeai ef a Loli ar y mynydd, a dyma lot o ddynion yn dyfod, a'u tad yn eu canol, ac yn cario 'stretcher' hir a rhywun yn gorwedd arno o dan orchudd. Y noson honno, wedi clywed ei dad yn sôn yn ddistaw wrth ei fam am y trigain tunnell o graig yn syrthio ar gefn 'Twm John druan', penderfynodd Deian nad âi byth i'r chwarel. Dywedodd hynny wrth Loli, a dywedodd hithau na phriodai hithau chwarelwr byth chwaith.

Ond er bod Deian fel hyn yn awyddus am fyned i'r ysgol sir, eto'r oedd yn anodd iawn peidio â myned at yr hogiau i chwarae. A dyna oedd yn beth rhyfedd, pan fyddai ar ganol gwneud ei syms, neu ei draethawd gartref, dyna'r pryd y byddai arno fwyaf o eisiau mynd at y bechgyn i chwarae. A phan fyddai ar ganol ei chwarae gyda'r bechgyn yn yr awr ginio, dyna'r pryd y byddai arno fwyaf o eisiau myned at ei syms. Yr oedd Loli'r un fath yn hyn o beth, gyda hyn o wahaniaeth – na byddai arni hi byth eisiau myned at y syms.

Modd bynnag, adeg yr ysgoloriaeth a ddaeth. Yr oedd cymanfa ganu yn y Lôn Groes y diwrnod cynt, a Deian a Loli, fel gweddill plant yr ardal, wedi myned yno. Bu'n tywallt y glaw ar hyd y dydd, ac yr oedd y ddau'n wlyb hyd at y croen pan gyraeddasant adre. Ni buasai'r arholiad ar gyfyl meddwl Loli ar hyd y dydd. Mwynhâi hi'r canu ac edrych ar yr holl blant eraill, a'r peth mwyaf a aeth dros ei meddwl hi oedd ei bod yn meddwl iddi weled y plant hyn i gyd yn rhywle o'r blaen, ac eto, nid oedd hynny'n bosibl. Meddyliai Deian, wrth edrych arnynt: 'Faint o'r rhain sy'n mynd i gynnig yr ecsam fory, tybed?'

Erbyn iddynt gyrraedd adref yr oedd tymer go flin ar Elin Jôs, am fod y plant mor wlyb, ac eisiau eu cychwyn mor fore drannoeth at y trên.

Cysgai Loli wrth fwyta'i swper, a'i mam yn cynio arni fyned i'w gwely.

'Deffro,' ebe Deian yn sydyn. 'Wyt ti'n cofio dy fod di heb ddarllen y traethawd hwnnw ar y rhyfal?'

''Dydw i ddim am 'neud,' ebe Loli, â'i llygaid yn dynn ynghaead.

Pan roddai Mr. Davies wersi iddynt byddai'n aml iawn yn gwneuthur traethawd ei hun, ac yn ei ysgrifennu ar y bwrdd du, a'r plant wedyn yn ei godi i'w llyfrau. Yr oedd yn rhyfel rhwng Rwsia a Japan ar y pryd, a chawsai'r plant draethawd gan Mr. Davies ar y pwnc hwnnw, ond ni ddarllenasent ef wedyn.

Pan ganent 'Rhagom, filwyr Iesu' yn y gymanfa cofiodd Deian am y traethawd, a daeth i'w gof wedyn wrth fwyta ei swper; a dyna paham y rhoddodd ysgytiad i Loli. Ond i'w gwely'r aeth Loli.

Aeth Deian i'w fag i nôl y copi, ac yng ngoleuni'r gannwyll yn ei wely'r noson honno darllenodd draethawd ei athro ar y rhyfel rhwng Rwsia a Japan.

Bore drannoeth a ddaeth â'i ffwdan gydag ef. Buasech yn meddwl mai myned i'r dre yr oeddynt ar ddydd Iau Dyrchafael, pan gerddai clwb eu tad drwy'r stryd, â band o'i flaen. Nid oedd gan yr un o'r ddau syniad beth oedd arholiad, yn enwedig arholiad mewn lle dieithr, ac yng nghanol plant dieithr. Ond ni fwytaodd Deian lawer o frecwast, beth bynnag, a gwnaeth Elin Jôs iddynt fyned â thamed o frechdan gyda hwynt, rhag ofn y caent amser i'w bwyta rhwng cromfachau megis.

Syms a ddaeth gyntaf yn y bore, a gramadeg wedyn. Wedi dyfod allan a chymharu nid oedd gan Ddeian na Loli'r un ateb yr un fath. Nid rhyfedd mo hynny. Yr oedd gan Ddeian ryw bedair allan o wyth yr un fath â'r bechgyn eraill, a dyna'r cwbl. Yr oedd yn ddigalon iawn am hyn. Yn yr awr ginio aeth plant ardal Bwlch y Gwynt i gyd i demprans yn Stryd Twll-yn-y-Wal i gael cinio. I'r fan honno y dywedasai Elis Jôs wrthynt am fyned, oblegid yno'r âi ef bob amser ar ddiwrnod ffair. Gwraig bach dew, gron, siaradus oedd gwraig y temprans.

'Plant bach o'r 'lad ydach chi?' ebe hi.

'Ia,' ebe Loli.

'O ble 'dach chi'n dŵad, mor hy â gofyn?'

'O ben Mynydd y Grug,' ebe Loli.

'Rhoswch chi, nid plant Elis Jôs ydach chi?' ebe'r wraig drachefn.

'Ia,' ebe Loli.

'Wel, wel,' ebe'r wraig bach siaradus wedyn, 'pwy f'asa'n meddwl y b'asa gin Elis blant yn trio sgolarship fel hyn?'

Effaith dywedyd hyn ar y plant oedd iddynt deimlo'n bwysig iawn wrth fyned allan.

Am eu bod yn blant i Elis Jôs, cawsant geiniog bob un yn ôl wrth dalu, a phob un o'r plant eraill yn eu sgil.

Prynwyd cnau mwnci â'r geiniog, a'r person nesaf a welsant ar ôl prynu'r cnau oedd bachgen o Eidalwr yn gwerthu eis-crîm. Cyn y gallech gyfri dau yr oedd Deian wedi hitio'r Eidalwr bach yn ei wyneb efo chneuen. Deian o bawb! Y gwir amdani oedd mai llwfr oedd Deian ar ôl yr

arholiad yn y bore – yn meddwl ei fod wedi cael hwyl wael iawn, ac oblegid hynny nid oedd yn malio beth a wnâi, na beth a ddeuai ohono. Dyna paham yr hitiodd yr hogyn eiscrîm, am fod arno eisiau hitio rhywun neu rywbeth.

Cododd y bachgen ei lais mewn iaith na ddeallai'r un o'r plant mohoni. Ond pan ddangosodd ei ddyrnau deallodd y plant yn burion, a rhedasant – Deian ar y blaen – at borth y castell i ymguddio.

'Oni bai bod yna ecsam y p'nawn, f'aswn i'n hitio dim â chael ffeit efo'r boi yna,' ebe Huw'r Felin.

Wedi myned at borth y castell, a gweled llun yr hen frenin uwch ei ben, cofiodd Loli am yr hanes a glywsant yn yr ysgol, gan y sgŵl, am y castell, a daeth arni awydd mawr am fyned i'w weled. Nid oedd y plant eraill yn fodlon, ond tarawodd Loli ei throed yn y llawr, a dywedodd fod yn rhaid iddi hi gael myned.

'Ty'd yn dy flaen, ne' mi fyddwn ar ôl,' ebe Deian.

'Na ddo' i,' ebe Loli, gan guchio.

Ac i mewn i'r castell yr aeth. Rhoddwyd Deian mewn lle cyfyng eto, fel lawer gwaith o'r blaen, a gwnaeth yr hyn a wnaeth lawer gwaith, sef cymryd ochr Loli.

Eisteddai gwraig wrth fwrdd bychan o'r tu mewn i'r drws, a phan oedd y ddau ar fin ei phasio, ebe hi: 'Ydach chi yn blant o'r Byro?'

'Nac ydym; plant o'r Mynydd Grug ydan ni,' ebe Loli.

'Grôt, os gwelwch chi'n dda,' ebe'r wraig.

Edrychodd y ddau yn syn.

'Ty'd yn d'ôl,' ebe Deian.

'Na ddo' i,' ebe Loli, heb symud.

'Wel, chewch chi ddim mynd i mewn am ddim,' ebe hi wedyn, 'achos tydach chi ddim o'r Byro.'

Ni wyddai'r un o'r ddau beth oedd y Byro, ond gwyddent nad oedd yn perthyn iddynt hwy, beth bynnag.

Chwilotodd Loli yn ei phoced a chafodd fod yno rôt – arian ei thrên adre.

'Mi gerdda i adre,' ebe hi, wrth weled llygaid ceryddgar Deian.

Nid oedd ganddo yntau ddim i'w wneud ond cydsynio, a gwagio ei boced.

Yr oedd Deian yn rhy gynhyrfus i feddwl am ddim a welai. Yr oedd ei feddwl yn yr ysgol. Cyniai ar Loli i ddyfod o hyd, ond ni ddeuai. Yr oeddynt erbyn hyn ar ben y Tŵr Mawr, ac yn edrych oddi arno ar y carcharorion yn y carchar. Yr oedd Loli wedi ei syfrdanu ormod i symud nac i siarad.

O'r diwedd gwylltiodd Deian, ac aeth i'r ysgol heb ei chwaer. Erbyn iddo gyrraedd yr oedd chwarter awr ar ôl, a buasai wedi dychryn gormod i ysgrifennu dim oni bai iddo weled yno o'i flaen yn destun traethawd: 'Y Rhyfel rhwng

Rwsia a Japan' (yn Saesneg wrth gwrs). Gallodd gofio y cwbl a ddarllenasai wrth olau'r gannwyll y noswaith cynt. Ni chododd ei ben, ac ni chofiodd ddim am Loli hyd o fewn hanner awr cyn amser gorffen. Pan ddaeth rhywun i mewn yr adeg honno yn rhith ei chwaer y cofiodd gyntaf amdani. Yr oedd golwg ryfedd ar Loli, fel petai wedi cysgu'n rhy hir yn y bore, ac edrychodd pawb arni mewn syndod. Aeth yr athro a wyliai dros yr arholiad ati, a dywedodd ei bod yn rhy hwyr i ddechrau y pryd hwnnw: 'Os na ellwch ysgrifennu rhywbeth ar un o'r rhain mewn hanner awr,' meddai.

Yr oedd Deian wedi gwrido hyd at fôn ei wallt. Edrychodd Loli ar y papur, a dywedodd 'Medraf'.

Heblaw 'Y Rhyfel rhwng Rwsia a Japan', yr oedd 'Castell Caer Saint' yn destun traethawd. Ysgrifennodd Loli ar yr olaf, a dywedodd hanes ei hymweliad hi â'r castell y prynhawn hwnnw.

Ni allai ddywedyd dim arall amdano pa dymunasai hynny. Nis cofiai, ond rhoddodd ddisgrifiad cryno o'r hyn a welodd o ben y Tŵr Mawr. Yr oedd wedi cysgu, ebe hi, ac wedi breuddwydio bod lot a sowldiwrs wedi dyfod i'r castell, a bod rhai ohonynt wedi gafael ynddi a bygwth ei thaflu i'r gwaelod. Ond cyn iddi gyrraedd y gwaelod deffrôdd. Mae'n debyg iddi golli ei ffordd wrth fyned yn ôl i'r ysgol, a'i chael ei hun mewn stryd fechan, gul, fudr, a'r merched i gyd ar bennau'r drysau. Dywedodd hyn i gyd yn ei thraethawd, a dywedodd nad oedd arni byth eisiau byw yn y dre, lle'r oeddynt yn codi grôt am fyned i weled pobl yn gweithio yn y jêl. 'Mi gewch weld pobl yn gweithio yn y chwarel am ddim,' ebe hi.

Cerddodd y ddau adre bob cam – bum milltir o ffordd – y noson honno.

Aeth rhai misoedd heibio, a rhyw nos Sadwrn braf ym mis Mehefin daeth Josi'r Manllwyd â'r newydd fod Deian wedi ennill sgolarship. 'Josi'r Frêc' y gelwid Josi'n awr. Gwelsai ddyn oedd yn adnabod clerc swyddfa'r ysgol, meddai ef, a hwnnw a ddywedodd wrtho. Deian oedd yr unig un o'r ardal honno i gael ysgoloriaeth. Ni ddangosodd neb lawer o lawenydd ym Mwlch y Gwynt o achos Loli. Gwyddent pa mor agos i'r wyneb y cadwai hi ei dagrau. Fe ddywedodd Elin Jôs un peth chwithig iawn: 'Wel, 'does dim i 'neud ond i Loli fynd i weini at Magi i Lundain,' ebe hi. Ond yr oedd cryndod yn ei llais wrth ei ddywedyd.

'Tydw i ddim am fynd i'r ysgol ganolraddol,' ebe Deian.

'Mae'n rhaid iti fynd,' ebe Loli.

A sylweddolodd Loli am y tro cyntaf na ellid eu galw yn 'Deian a Loli' ar yr un gwynt am lawer o amser eto.

EGLURHAD AR RAI GEIRIAU A DYWEDIADAU LLEOL A GEIR YN Y LLYFR

RHAGYMADRODD

baricsod—adeiladau lle yr erys chwarelwyr sy'n byw yn bell oddi wrth y chwarel
campiau—campau—*feats*
brat—*pinafore*
merlod—lluosog merlyn—*ponies*
Mwynig a Benwan—enwau ar wartheg
clwff—darn tew o fara. Mewn rhannau o'r De—**cwlffyn**
silidons—*minnows*
brechdan—bara a menyn
pregliach—siarad
pelldremydd—o bell ffordd
prepiai—clebran
picio—myned ar frys
cyflath—*toffee* wedi ei wneuthur gyda thriagl

DIANC I LAN Y MÔR

yr oedd y byd yn wannach—yr oedd y byd yn dlotach
newydd sbon—newydd iawn
o'i go las—mewn tymer ddrwg "Mas o'i natur"—(yn y De)
llanast—anhrefn
yn sgil—yng nghysgod
cymryd y goes—dianc
swper chwarel—pryd bwyd chwarelwr pan ddaw adre o'i waith
gwasgfa—llewyg
aros ar eu traed—aros heb fynd i'r gwely
spel—gorffwys
cwmpasoedd—ardaloedd
trol—cert
brensiach—gair ebychol o "brenin"

DIANC I'R MYNYDD

gwlanan y môr—gwylan
rhusio—rhedeg i ffwrdd
giamstar—un yn gallu gwneud rhywbeth neu wybod rhywbeth yn dda
piser—ystên
chwystryllio—llifo yn fain ac yn gyflym
dwrdio—ceryddu
cnafon—o cynafon, yr un peth â cenawon. Yma—plant drwg
swatio—cuddio. "**Cwato**" (yn y De)

YMWELIAD Y DDAU Â'R YSGOL

siamber—ystafell wely ar y llawr

llefrith—llaeth
lôn—ffordd
snecian—*to peep*. "**Cewcan**" (yn y De)
thwllith y dyn, etc.—ni ddaw y dyn
fesul tipyn—bob yn ychydig, "**Gan bwyll fach**" (yn y De)
siglen adenydd—*swing*
synhwyro—arogleuo
crempog—*pancake*

MYNED I'R YSGOL O DDIFRIF

plisman plant—dyn sy'n edrych bod plant yn mynd i'r ysgol
penbyliaid—*tadpoles;* unigol—**penbwl**
'càu—nacàu, gwrthod
llwgu—*to starve*
strancio—ystrancio, cicio
tafododd—ceryddodd
ar eu sgawt—ar eu hynt heb eu disgwyl
fflôt—cerbyd a ddefnyddir i gario moch i'r farchnad, etc.
trwsio—cywiro
gwarchod—edrych ar ôl y tŷ
sleifiodd—rhedeg i ffwrdd yn ddistaw
piser bach chwarel—piser yr â chwarelwr â'i de ynddo i'r chwarel
gruglus—*heath berries*
peniog—galluog
dillad noson waith—dillad gwell na dillad gwaith a heb fod cystal â dillad dydd Sul

COSBI

gybyddus—adnabyddus
bod ar ôl—bod yn ddiweddar
malio—*to mind*
colli arno ei hun—yn ei anghofio ei hun
golwg wirion—golwg hurt
wedi torri eu crib—*crestfallen*
yn arw—yn fawr
cweir—curfa
bwgan—bwci
brathu eu pennau—*peeping*
yn glên—yn neis

GWYLIAU A CHWARAE

brifo—anafu
genod—genethod, merched
cyffio—myned yn ddideimlad
sgrytian—ysgwyd
hel—casglu

hen degis—**tegis**—darnau o lestri wedi torri
denig—ffordd plentyn o ddywedyd deng-
id—dianc
haspan—*ashpan*

HELYNTION YSGOL
cynio—crefu
pryf cop—corryn
hel—"gyrru" yn y fan hon
sgwd—gwth
yn fwrn—yn faich
symol—go lew
ofnatsan—ofnadwy
ffeind—caredig
pric—darn o goed
decini—debyg gennyf fi—*I suppose*

TYNNU LLUNIAU
hwb—help
cenau coeg gwirion—*lizard*
na siw na miw—dim ôl ohono

ei wynt yn ei ddwrn—*breathless*
nid oedd wiw—ni feiddient
faeddu—maeddu, "**Trochi**" (yn y De)

GWELEDIGAETHAU LOLI
sgil—"ffordd" yn y fan hon
slaes—*lash*
yn solat—yn syth
ni waeth i chwi hynny na mwy—er
gwaethaf hynny

Y BARCUD
barcud—*kite*
gamp—camp, rhagoriaeth
llarp—darn
waeth heb—cystal bod hebddo
yn filen—yn gas

Y GROESFFORDD A'R GWAHANU
temprans—tŷ bwyta